史上最強オークさんの楽しい種付けハーレムづくり 4

[Author.] 月夜 涙 [illust.] みわべさくら

オルク

「これを持っていてくれ」
「これは、なんですの？
綺麗な宝石ですのね」
ルリネ

クルル
「美味しいものを教えてくれたお礼です。
オルクさん、あーん♪」

ティータ

「あら、お姉ちゃんを
呼びつけなんて生意気ね。
ちゃんと、リリスお姉ちゃんって
呼ばないとだめでしょ？」

リリス

CONTENTS

Making fun mating harem of the strongest ever oak...

史上最強オークさんの楽しい種付けハーレムづくり

4

[Author.]
月夜 涙
[illust.] みわべさくら

オルク

ハーレムを作るため、世界中を旅する最強のオーク。

ティータ

エルフ。風の精霊を操れる風の巫女。

クルル

キツネ耳の少女。オリハルコンを加工できる神鉄の一族。

ルリネ

フォーランド王国、第二王女。オルクの親戚筋。

リリス

元魔王軍四天王の一人であり、サキュバスの上位種。

Making fun mating harem of the strongest ever oak...

プロローグ：お姫様と朝チュン。

全オークの夢、お姫様とのエッチを果たしてしまった。

古来より、オークには三種の神器が存在する。そう、それはエルフ、お姫様、女騎士。

オークのお相手に選ばれるのはだいたい彼女たちだ。

そのうち二つを手中に納めてしまったのだ。

「オークックックッ」

オーク笑いが止まらない。

……いや、別にこうでもしないとオークらしさが足りないから無理にやっているわけではなく、本当に心の底から、俺のオーク魂がこうさせるのだ。

俺の横には、美しい栗毛の少女。俺の従妹《いとこ》にして、超大国フォーランド王国のお姫様、ルリネ姫が眠っている。

計算高く、常に俺を籠絡《ろうらく》しようと策をめぐらせてくる彼女だが、寝顔はあどけなく年相応だ。

思わずエッチないたずらをしたくなってしまう。

彼女はお姫様という、オークまっしぐら属性だけじゃなく妹属性まで持ち合わせている。

ああ、素晴らしき妹。

正しくは従妹ではあるのだが、魂的には妹カテゴリーでいいと思われる。むしろ、合法的にセックスできる分だけ上位互換とも言えるだろう。

……まあ、そう言うと実妹ガチ勢に怒られそうだが。なにせ、あいつらは実妹とやる背徳感こそが最高のスパイスと言っているのだから。

実妹原理主義者の気持ちはわからなくはないが、俺はわりと寛容ではある。義理の妹、従妹、前世の妹あたりまでは許せる。……さすがに兄のようにしたってくる後輩などの妹的存在までは許容できないが。

「おはようございます。オルク兄様」

「おはよう、ルリネ」

ルリネが起き上がり、布団がずり落ち、控えめな彼女の胸が露《あら》わになる。巨乳であるキツネ耳美少女のクルルや、美乳であるティータと比べると物足りないが、ルリネの背格好を考えると、これがベストサイズだと言えるだろう。

微乳には微乳の良さがある！　大きさよりも本人に似あっているのかが重要なのだ。ただし、無乳はノーセンキュー。俺は注文が多いオークだ。

「これでも飲んでくれ」

「あっ、これ、ティータさんやクルルさんが言っていたコーヒーでは？」

「ああ、そうだ」

「いい香りですのね。紅茶にはない蠱惑的《こわくてき》な大人の香り」

俺は抜け目がないオーク、ちゃんと朝チュンコーヒーを用意していた。

常にコーヒーセットは持ち歩いている。

ハーレムメンバーとの初夜を終えたあとには、朝チュンコーヒー、それは変わることなき、オークティック誓約《ゲッシュ》。

「では、いただきますの。にがっ、美味《おい》しいですけど、ちょっと飲みにくいですわ」

ふむ、まだコーヒーはルリネには早かったか。

だが、できるオークの俺にはぬかりはない。

「これを入れると飲みやすくなるんだ。さあ、どろっとして甘いのと、ミルクをたっぷり注いでやろう」

「言い方がいやらしいですの。でも、美味しそう……あっ、とっても口当たりが柔らかくて、甘苦くて、とっても美味しい。これ大好きですの」

ちなみに、コーヒーに入れたどろっとして甘いのはハチミツ、ミルクは練乳。

ふふふっ、コーヒーが苦くて飲めない女がいるのも想定内っ。もてるために必要なのは気遣いだ。

「気に入ってもらえてよかった」

「毎日でも飲みたいですわね。オルク兄様が行ってしまわれたら、もう飲めないのが残念です

の」

「……引き留めようとしないのか？」

俺はこの国の王族だ。

王位継承を放棄《ほうき》するつもりではあるが、先王やら、宰相《さいしょう》やら、目の前のルリネやらが俺を次期王にしようと暗躍している。

ルリネに至っては、自分の体を餌《えさ》にしようとしていたぐらいだ。

「資質はあっても資格はない。オルク兄様の言葉です。それに納得してしまいました……それに、オルク兄様が助けてくれるなら私が王になってもうまくやっていけますの。ふふふっ、フォーランド王国初の女王、腕がなります」

それは、本当に心の底からの笑顔だった。

自らの意思で王になるとルリネは宣言した。

強いなと思う。

俺は俺と俺の女さえ幸せにできればいい。数万の民の命運なんて面倒だと考えてしまう。なにより、俺はいざ自分の女か数万の民か、救えるのはどちらかなんて状況がくれば、一切の迷いなく女を選ぶ。

王になり、自分を捨てる。その判断をできる彼女を眩《まぶ》しいと思うし、尊敬する。

「がんばれ。困ったら、なんでもお兄ちゃんに相談するんだぞ」

「ほどほどにお願いしますの。あんまりわがまま言って、嫌われたくないですもの……大事な、そう、うんざりされちゃって、死ぬほど面倒で、国が滅びる瀬戸際《せとぎわ》、十中八九死ぬ、英雄でもどうにもならない。そんな状況でおねだりして断られたらシャレになりませんわ」

「……その状況でも俺が力を貸すと」

「そうしていただけるぐらい、オルク兄様に愛してもらえるよう、ルリネはがんばりますの」

抱きついてくる。薄い胸が当たった。肉感的には、そう気持ちよくない。

だが、なんだろう？　この湧き上がる庇護欲《ひごよく》は？

か弱くて、甘えてくる存在、それが俺を頼って、懐《なつ》いてくれる。ああ、兄性本能《コスモ》が高まる。

「もちろんっ、お兄ちゃんに任せておきなさいっ！」

「オルク兄様、大好きですの！」

俺はルリネを抱きしめ、そして、そのまま押し倒した。

可愛《かわい》すぎて、我慢できなくなってしまった。

ルリネが潤んだ瞳で誘ってくる。

さてと、朝から、ファイト一発、がんばるとするかっ！

第一話：過保護なお祖父《じい》ちゃん

朝からハッスルし、体を清め、身支度《みじたく》を整えるころには昼過ぎになっていた。

二度寝をしたいと思っていたのだが、昼食会に誘われ、なおかつそれがどうあっても断れない類《たぐ》いの相手からだったため、素直に外出する。

呼ばれたのは俺だけでなく、ルリネはもちろん、ティータとクルルもだ。

「オルク、昨日はお楽しみだったんだね」

ティータがジト目で見てくる。

いつも明るく笑顔が素敵なティータなだけに心にぐさっとくるものがある。

「なるほど、ティータさんはこういう気持ちだったんですね……ハーレムでも構わないと決めていたけど、こうして新しく女の子が加わるというのは、その、気持ちがもやもやします」

そして、クルルはクルルで寂しそうな顔で、罪悪感が……。

これはハーレムの宿命だ。どうしてもハーレムというものは俺を好きになってくれた子を悲しましてしまう。

だが、謝らない。

俺はこの道を選んだ。そして、彼女たちにもそのことは伝えている。

だからこそ、俺がすべきことは謝罪じゃない。

「寂しい思いをさせたな。その分、ティータもクルルも愛してやるからな」

そう、全員を全力で愛する。それだけだ。

「……どうしましょう、クルル。ちょっと、オルクを殴《なぐ》りたくなったよ」

「なんとなく、考えていることはわかりますし、オルクさんに悪気はないんでしょうけどね」

どうやら、失敗だったらしい。

ハーレムは難しい。

だけど、二人はしょうがないなぁと笑って頷《うなず》きあった。

こんな俺を許してくれている。いい子たちだ。

だからこそ報いたい。

「今日のティータイムは、久しぶりに菓子を作ろう。さすがはフォーランド王国の王都だけあって、商業都市にもないような食材が手に入った。とっておきを作れそうだ」

二人のエルフ耳とキツネ耳がぴくっとなる。

エルフもキツネ獣人も人間より聴覚がよく、耳に態度がでやすい。

気になってそわそわしている。

「しょっ、しょうがないね。それで手を打ってあげるよ」

「別にお菓子に釣られたわけじゃないですからね……とても楽しみではありますけど」

彼女たちはちょろい……というわけじゃなく、とてもいい子たちなので、俺を許す理由を欲しがっていて、こうして飛びついてくれた。

ただ、お菓子を食べたいというのもあるだろうが。

気合を入れて作らなければ。

「オルク兄様のお菓子、興味がありますの。私もご一緒してはだめですか？」

おそるおそるという様子で、ルリネが俺の顔、それからティータとクルルの顔をうかがう。

「いいに決まっているだろう」

「オルクがハーレムに入れるって決めたからね。もう家族だよ」

「ですね。入ったものは仕方ないので仲良くしましょう。ぎすぎすしちゃうと、オルクさんがしんどくなりますし、私だって嫌です」

「では、お言葉に甘えますの。私、オルク兄様だけじゃなく、お二人とも仲良くなりたいんです」

後者のほうがルリネの目的だろう。お菓子よりも、俺のハーレムメンバーと打ち解けたい。

それが今後のために必要だとわかっている。ルリネはかしこい子だ。

「じゃあ、茶会の前に面倒な仕事を片付けるか……まったく、あの人は」

俺たちを呼んだ男の顔を浮かべる。

どこまでも食えない人。

ある意味で、俺の知る中でも最強の人物だ。

◇

俺たちが昼食会で訪れたのは離宮にある庭園だ。

ここは王族専用であり、非常に高価なガラスを使った温室で、年中美しい花が咲き誇っている。

それだけじゃない、この国でもっとも優秀な芸術家と庭師たちが適切な配置、さらには花の香りまで計算して美しく飾り付けていた。

初めてここへ来たものは誰もがその美しさに心を奪われてしまう。

世界でもっとも美しい場所、極光庭園。

噂には聞いていたが、こうして実物を見ると圧倒される。

「うわぁ、すごい。人間でも、花と会話できる人がいるなんて。花たちが喜んで、輝いてるよ」

「花もすごいですが、花を飾り付けている陶器もすごいですよ、これ、なんてセンス。うぬぬぬ、悔しいです、鍛冶師《かじし》として敗北感が」

ティータとクルルは目の付け所が違った。植物と対話できるエルフだからこそ庭師の腕がわかるし、鍛冶師のクルルだからこそ、植木鉢の一つ一つですら最高の芸術品だと理解できる。

そんな庭園を進んでいくと、東屋《あずまや》、いわゆる屋根付きベンチに昼食会の主催者がいた。

深い皺《しわ》が刻まれた顔、その一つ一つには彼の苦悩と歴史が刻まれている。一流の剣士のようにすさまじい気をまとっているわけじゃない、一流の魔術士のように秘めた魔力が圧倒的というわけじゃない。

なのに呑まれてしまう。それほどまでの貫禄《かんろく》、カリスマ。

そう、彼こそは先代のフォーランド王にして、小国のフォーランド王国を大陸最強の国までに育てあげ、圧倒的な戦力差があった魔王軍との戦争で和平まで持ち込んだ、偉大なる男。

賢王ヴァレオ・フォーランド。

俺にとっては曾祖父《そうそふ》に当たる人物。

「よく来たな、オルクよ。そして、可愛《かわい》らしいわしの孫娘たちよ」

そして、甘々のにやけた顔で貫禄やカリスマをあっさりと投げ捨てた。

なぜか、俺の前ではいつもこうだ。

ティータとクルルが硬直している。

彼女たちには、人間社会の常識を教えていた。

この大陸でもっとも多く流通しているフォーランド硬貨、その金貨に描かれているヴァレオ・フォーランドのことは知っている。

歴史を教える上で、彼はどうあっても名前がでる。この大陸において、もっとも知名度を持つ二人のうち一人……ちなみにもう一人は、大賢者マリン・エンライトである。

そんな彼が、甘々な顔で自分を孫娘と呼ぶのだから、硬直するのも無理はない。

「ふむ？　オルクの妻になるのであろう？　であれば、我が孫娘も同じじゃ。なぜ、戸惑う」

「もう、ひいお祖父様《じいさま》。だめですわ。ひいお祖父様は、普通にすると異様になるのですから」

ルリネの突っ込みはとてもひどいことを言っているが、とても的確な指摘だ。

賢王が普通であるほうがよほどおかしい。

「そうかのう……いや、だって、わしだって、孫娘のまえで肩ひじは張りたくないのじゃよ。わし、好きな子には甘々じゃし」

「そうでしたわね。ならもう、ティータさんとクルルさんに慣れてもらうしかないですの。お二人とも、ひいお祖父さまはこういう方ですから、その、普通のおじいちゃんに接するようにしてください」

「うっ、うん、わかったよ」

「努力します」

二人は引きつったまま、なんとか返事をする。

賢王ヴァレオ・フォーランドは、そのままティータとクルルに質問攻めをしていく。

非常に楽しそうで生き生きしている、三十歳ぐらい若返っていそうな感じだ。

何気ない会話に見えて、その人物の本質を見抜くものであり、ひょうひょうとしながら一切の嘘を見抜こうと神経を張り巡らせている。

あれは、俺にふさわしいか調べているのだ。だが、心配はしない。彼女たちが審査にかなわないはずがない。……というか、ふさわしくないなんて言い出したら、たとえ師匠であり曾《そう》祖父《そふ》であろうと切り捨てる。

俺は苦笑して、そのまま席につく。

そして、質問攻めが一段落したタイミングで口を開く。

「みんな、座ってくれ。立ちっぱなしだと疲れるだろう。いいでしょう？　ヴァレオ師匠《せんせい》」

「うむ、年甲斐《としがい》もなくはしゃいでしまったわ。それとな、オルク、師匠《せんせい》ではなく、ひいおじいちゃんでいいぞ」

「いえ、俺はあなたのひ孫でありますが、あなたの弟子ですから」

「それはそうじゃが寂しいのう……」

孤独な老人っぽくふるまうが、俺は知っている。

彼が帝王学を教えるときは豹変《ひょうへん》して、鬼になることを。教えたことができて当たり前、その先を見せろ、無能は切り捨てると、態度で示し、プレッシャーをかけてくる。

賢王ヴァレオ・フォーランドの視界に無能は入らない。彼が誰よりも優《すぐ》れているのは人の才覚を見抜く能力。

王としてはこれに勝る資質はないだろう。だが、それは歪《ゆが》みも生む。その歪みが、第一王子ファルタの凶行、その引き金になった。

彼は完璧な王であるがゆえに、無能な人間の苦悩を、見てもらえない、無視される辛《つら》さを知らない。

「俺の未来の妻たちはどうでしたか」

「うむ、さすがはわしのひ孫じゃ、とてもいい子らを選んだ。ルリネを含めてな。才能のきらめきを感じる。必ずや、いい子を産んでくれるだろう。そう、フォーランド王国をさらに大きく、強くする子をな」

「それは保証できかねます」

「それはわしの眼力を疑っての発言か？」

「いえ、俺と彼女たちの子だ。才覚に優れた子が生まれるでしょう。ですが、王への道を歩むかどうかはわかりません。俺自身がそうであるように、自分の道は自分で選ばせたい」

その言葉を聞いた賢王ヴァレオはとても恨みがましい目を俺に向けてくる。

「やはり、王にはなってくれぬか」

「あなたなら、俺がルリネを王にするために、動いていることを突き止めているでしょう」

「それは、オルクが前から言っている、資質はあっても資格がないというやつか。それじゃがな、気にする必要はないぞ。オルクが自分の女か、民を選ばないといけない極限状況になっている時点で、ほかのものが王なら滅びている。それほど能力差があるし、そんなことを言い出せば、ほかの候補全員、それ以上に致命的な欠点がある」

「ルリネなら俺以上にうまくやりますよ」

「それはオルクが裏から援助するという前提であろう？」

俺はその問いに答えない。

その問いが正しいからだ。

ルリネにも欠点はある。

「まあ、無理強いすることもできんしのう。残念じゃ。此度《こたび》の騒動でもいい手腕だった。わしの若いころを思い出すのう。まったく、世界中探しても、フォーランド王になれるのに断るような男は他におらんぞ」

「申し訳ございません。ですが、賢王ヴァレオ・フォーランドの弟子として、必ずルリネの力になって恩返しすると誓いましょう」

ルリネは俺の女でもある。俺の女を俺が守るのは当然だ。

「うむ、ルリネ、がんばるのだ。そして、ぜったいにオルクを手放すのではないぞ」

「はいっ、もちろんです。オルク兄様ほどの殿方、ほかには絶対おりませんの。早く、オルク兄様との子供を産んで、ちゃんと自分から王になりたいと言うように育てますわ」

「うむうむ、ルリネはいい子じゃのう」

ぶっとんでる発言が飛び交っているが、王族としてはまっとうかもしれない。

「それで、俺たちを呼んだのは妻を見たかったから……なんて理由じゃないんでしょう？　あなたは何をしていたんです。わざと捕まってまで」

「ははは、ばれてしまっていたかのう」

初めから疑問だった。

賢王ヴァレオがあっさりと幽閉されていたことが。

そして、事件が終わってからあまりにも早く戻ってきたことで疑惑は確信に変わった。

「あなたなら、ファルタ王子のような小物の動き、摑《つか》んでいたでしょうに。……あえて捕まったとするなら理由は二つ、あえてファルタ王子を暴走させ、その裏にいる黒幕をあぶりだす。あるいは、捕まったと思わせて秘密裡《ひみつり》に裏で動く。そのどちらか……いや、両方か」

「いかにもだ。ファルタの動向は摑んでいた、そして何かあればオルクに助けを求めるようにルリネを誘導した。ルリネならば、オルクを引き入れることはできるだろう。そして、オルクならばファルタとその黒幕を打ち破れる」

「そして、あなたは警戒されず自由に動けた。そこまでして何を調べていたのです」

「それじゃがな……残念ながら収穫はなかった。だが、きな臭《くさ》い動きは感じた。裏でとんでもない何かが動いている、それは間違いない」

「ずいぶんと、あいまいですね」

「情けないことじゃがのう……だが、おかしいとは思ぬか？　オルク、おまえは三度、世界を救っている。それも、この短期間にだ」

三度というのは、ティータと共に戦った【世界を喰らう魔蟲】、クルルの剣で切り伏せた【禍津神《まがつかみ》】、そして魔王軍四天王が画策した人間と魔王軍の戦争阻止。

そのどれもが下手をすれば世界の滅びに繋《つな》がりかねない大事件だ。

「おかしいとは思わぬか？　オルクが初期段階で防いだとはいえ、たとえば【世界を喰らう魔蟲】が世界樹を喰らい、さらなる力を得ていれば？　【禍津神】が次々と最悪の願いを叶《かな》え続けていれば？　人間と魔王軍の戦争が始まっていれば？」

「そのどれも、世界が滅びかねない事件ですね」

「オルクがそれらの中心にいたのは、そういう運命だからだろう。勇者とはそういうものだろう」

まったく姿を見せない妖精が言っていたことを思い出す。

『勇者に義務なんてねーですよ。ただ、妖精王がうぜえって思うやつと出会う運命にいるのに力をくれてやるです』

妖精王がうざいと思うのは世界の滅びクラスの出来事。

こうして、勇者に選ばれた俺が世界の滅びに直面すること自体は珍しくない。

だが、あまりにも立て続けに起こっている。

「偶然ではないとすれば、誰かが意図的に引き起こしていると考えるべきであろう？　オルク、これらの事件に何か共通点はないか？」
俺は、それぞれの事件を思い出す。

すると、一つの仮説が浮かび上がった。

「裏で操っている何者かがいる。……【世界を喰らう魔蟲】の封印を解いたのは、人間に骨抜きにされたエルフだった」

彼は、エルフの里では冷遇され、人間の街で煽《おだ》てられ、快楽と贅沢《ぜいたく》を与えられ、彼らの操り人形になった。

「【禍津神】の封印を解いたのは、クルルの叔父《おじ》、だが、彼は常軌を逸していた、何かに突き動かされるようにして、剣の巫女《みこ》になるのが自分だと、妄信《もうしん》して、破滅の道を突き進んだ」

クルルの叔父、あれの精神状態は異常としか言いようがない。

クルルの話では数年前までは優しい人で、クルル親子とも仲が良好だった。だが、ある日を境に人が変わったと言っていた。

「魔族との戦争を引き起こそうとしたファルタ王子……それを操っていた魔王軍四天王、金水晶族のハリル、その動機は恋人の心臓を抉《えぐ》られた復讐《ふくしゅう》、だが不可解なことがある。ファルタ王子の恋人は、なぜ金水晶族の心臓などねだったのかわからないと供述しているし、そもそもハリルはなぜ真相にたどり着けたのか」

これもまた作為の匂《にお》いがする。

どれもこれも、実行犯の裏に姿が見えない黒幕がいる。

そのような気がするのだ。

「わしも同意見だ。どの事件もくさい。その黒幕を突き止めてやろうと、オルクを囮《おとり》にしている間に探ったのじゃが、成果はでなかった……これからも調査は続ける。だが、オルクよ。世界の敵と対峙《たいじ》する運命にあるおまえは、気をつけねばならない……もし、本当に黒幕などというものがいるとすれば、三度も邪魔《じゃま》をしたおまえは必ず目をつけられている」

それもまた道理。

毎回邪魔をされて、それでも俺を放置するほうがおかしい。

成功率を上げるために、まず邪魔な障害物を消すのはセオリー。

「うまくやってみせるさ」

「この忠告をするためにオルクを呼んだ……そして、可愛《かわい》いお嬢ちゃんたちを呼んだ理由じゃがな。オルクと一緒にいれば、危険じゃ。世界を滅ぼしかねない何かに狙われる。オルク以上にな」

鋭い王の眼光が三人を貫く。

「オルクは強い、とてつもなく、勝てるものなど片手の指で足りる。わしがそれでもオルクを倒そうとするなら、弱みを狙う。つまりは、お嬢ちゃんたちだ。ただ死ぬだけならいいほうじゃな。わしなら、オルクをおびき出し、有利な状況を作るために死ぬよりつらい目に遭わせる」

残念なことに、これもまた否定できない。

弱いところを狙うのもまたセオリー。

世界を滅ぼそうとするような奴に良心を求めるほうがおかしい。

「それって、オルクと別れろって言ってるのかな」

「ふむ、そう聞こえたかのう」

そこにいるのはもう好好爺《こうこうや》ではない。

無数の修羅場《しゅらば》を潜《くぐ》り抜けた、賢王ヴァレオその人だ。

「私はオルクと一緒にいるよ。もともとオルクに救われた命だし……それに、オルクのことが大好き。おじいさんが想像しているより、ずっとずっと大好きで、何より、オルクなら守ってくれるって信じてるから」

「私もです。だいたい、浮気をするって公言する人についていくぐらい、大好きなんですっ、それぐらいで別れたりしません！　オルクさんから離れません」

「二人ともオルク兄様に見初められただけはありますね。ふふっ、ひいお祖父様《じいさま》、私だって、オルク兄様と一緒ですよ。私は王族です。今言ったことなんて、生まれたときから覚悟済みなんですの」

俺の女たちは、危険だと言われ、賢王の威圧を受け、それでも俺を好きだと、そして一緒にいると言ってくれた。

やばい、泣きそうだ。

そして、俺の下の息子も涙をちょっと流した。

……いや、感動的なシーンなんだけど、こう、愛《いと》おしさが爆発すると、抱きたいって思うのは本能だから。

「ふははは、いい女たちだ。オルクは女を見る目も一流じゃのう、気に入った。そうじゃ、盛大に結婚式をあげようではないか。世界一盛大で豪勢な結婚式を賢王の名のもとに行おう」

女性陣が黄色い声を上げる。

ティータやクルルも、実は結婚式にあこがれていた。直接口にはしないが、ときおりそういうのをうらやましそうに見ていたのを知っている。

知ってはいるのだが……。

「丁重に断らせてもらう」

俺のほうに非難の目が集まる。

「なぜじゃ？」

「結婚式は、俺のハーレムが完成してから全員で行うと決めている。俺は女を全員平等に扱いたい」

視線が痛い。とても痛い。でも、これは譲《ゆず》れない。

「オルク、まだ増やすんだ」

「実は私、ルリネさんで三人目だから、もう満足するかなぁって期待していたんです」

「さすがはオルク兄様ですの。三人でもけっこう大変なのに、まだハーレムを増やすなんて」

ちなみにルリネのそれは皮肉っぽいニュアンス。

……三人で十分。ほとんどの男はそう思うだろう。だが、俺は違う。

ハーレム王に俺はなるっ！　ドンッ！

「わしが生きているうちに完成することを祈っておるぞ。では、話は以上だ。あとは、食事をしながら、わしときゃっきゃうふふしようではないか」

「ひ孫と戯《たわむ》れるのに、その表現はどうなんでしょう？」

「わし、ひ孫ラブじゃからのう」

賢王ヴァレオはそれはそれは楽しそうに笑う。

仕方ない、寂しい老人に付き合ってやろう。

なんだかんだ言って、彼との雑談はとてもためになる。何気ない一言に、深い教訓や造詣《ぞうけい》が詰まっている。

それになにより、嫁の自慢をするのは悪い気がしないのだ。

第二話：パティシエなオークさん

俺は一つの真理に気づいてしまった。

たとえ賢王であってもおじいちゃんは話が長い。

まさか、昼食会に三時間もかかるとは。

俺は厨房にやってきている。

ルリネは日課である訓練を行うので別行動。あの子は蒼雷《そうらい》の勇者、ミレーユ・フォーランドに憧れ、彼女とまったく同じ訓練を己に課している。

その実力は、俺から見ても一流ではあり、将来的には超一流には届くと感じさせるほど。

だが、規格外には届かない。勇者パーティや魔王軍四天王などの超越者にはなれないだろう。努力はしている、才能もある、学ぶには最適の師匠と環境。だが、それらすべて突き抜けた力を手に入れるには足りない。

そんな、彼女の訓練にティータは同行していた。

ティータは、世界樹を守る風守の一族、その巫女《みこ》であるため幼いころから英才教育を受けており、弓と魔術の腕は人間の一流どころと同等。

そんな彼女だからこそ、人間としては最高峰の訓練に興味があったのだろう。

「オルクさんのお菓子、わくわくです」

そして、俺とクルルは厨房を借りている。

約束のお菓子を作るためだ。

「クルルは、訓練に参加しなくてよかったのか？」

「私、そういうの苦手ですし、付け焼き刃で中途半端に訓練するよりは、もっと鍛冶《かじ》を極めたいです」

彼女の手にあるのは、【錬金術のすべて：上級編】。かつて、剣の聖地で彼女に渡した、最低限、神剣を打つために必要な知識を抜粋したものの、上級版。

彼女はすでに中級編をマスターしている。並の鍛冶師であれば、十年かかっても理解できないそれを一か月ほどでだ。

それは知識だけじゃなく、実技の上でも。

彼女もまた天才だ。鍛冶という分野であれば突き抜けた領域に足をかけている。

「それもそうだな……クルル自身が強くなるより、俺やティータのために武器を作ってもらったほうが、ありがたいかもな」

「ふふんっ、そうなんです。上級編で新たに得た知識を応用すれば、ティータさんのために弓を作ってあげられます。ティータさんって、弓と魔術、両方とも使えますからね。オルクさんの剣みたいに、杖《つえ》と弓、両方の性質を持つ弓を作りたいんですっ！」

「それはいいな」

ティータは今でも弓の訓練をしている。ただ、街中では嵩張《かさば》って持ち運べないので携帯はしていないが。

「楽しみにしておいてくださいね……上級編、奥が深いです。これはかなり時間がかかりそうですね」

「まあ、上級編だからな。本来なら、一生かけて身に付ける技術だ」

「気合を入れていかないとだめですねっ！」

中級編は技術的に易しいということ以上に、実のところ剣に関連する技術をひたすら突き詰めたもの。だからこそ、体系づけが容易であり、それぞれの技術の関連性も強かった。

だが上級編は違う。鍛冶《かじ》のすべて、故《ゆえ》に広く、深く、技術の系図が飛び飛びだ。工夫はしているが、お世辞にもわかりやすいとは言えない。

それでも……。

「クルルなら、そう時間はかからないだろうな」

この天才なら、そうなると思えてしまう。

……一度、クルルにも刻《とき》の狭間《はざま》の部屋を使わせたい。

あれは、俺でもまだ使えない類《たぐ》いの魔術。大賢者マリン・エンライトと会う機会があれば、お願いしてみよう。

「あはは、さすがにこれをあっという間に習得できるなんて言えないです。でもっ、がんばりますっ。……ただ、一つだけ、問題があるんですよね」

「それはなんだ？」

「新しい技術を覚えるたびに、オルクさんのために打った剣を打ち直したくなります」

「最高の剣だと思うがな。贔屓目《ひいきめ》抜きで、母さんの剣よりもいい剣だ。初めて見たときは驚いたものだ。クルルにこれほどのものが作れるとは」

お世辞じゃない。

クルルの技術で、ここまでのものが作れたのは奇跡としか言いようがない。

「それは、その、オルクさんのこと大好きって気持ちをたくさん込めたから……って、何言わせるんですかっ。もう、話を逸《そ》らさないでください」

別に俺が逸らしたわけじゃないが。

「その、奇跡の出来でした。でも、あくまであのときの私にとっての話です。あれから、いっぱい教えてもらって、自分でもいろいろと考えて、成長したんです」

「だろうな。でも、その先は沼だぞ？　なにせ、新しい技術を習得するたびに打ちたくなるからな」

「たっ、たしかに。でも、それはそれでいいです。オルクさんには、そのときの私が打てる最高の剣を持っていてもらいたいです。……こんなことなら、もっともっとたくさんオリハルコンをもってくればよかったです」

剣の聖地にしか存在しない、最硬金属オリハルコン。

それなりの量を持ち出しているが、そういう使い方をするなら足りない。

「また、聖地に遊びに行こう。鴨《かも》料理、うまかったしな」

「約束ですよ！　というわけで、私はお勉強をがんばりますので、お菓子作りがんばってください」

「手伝ってはくれないのか？」

「私は美味《おい》しいお菓子を食べたいんですっ！」

それを意訳すると、俺一人に任せたほうがおいしいお菓子ができるから手伝いたくないということ。

お菓子はたしかにそういうところがある。

単純な菓子ならば話は別だが、技巧を凝《こ》らす菓子ほど、ほんのわずかなミスで味は落ちる。

お菓子は繊細《せんさい》なのだ。例えば、気温や湿度ごとに分量や、焼成時間、混ぜる回数が変わるぐらいに。

苦笑しつつ、俺は王都で見つけた果物を取り出す。

「見たことがない果物ですね」

「それはそうだろうな。気候的に、もっと温暖な地域、それこそ海を渡った先じゃないと手に入らない。商業都市にも入荷はされていると聞いたことがあるんだが、人気がありすぎて市場には流れない。名前をマンゴーと言うんだ」

黄金の果実なんて呼ばれている。

芳醇《ほうじゅん》で高貴な甘さ、実に貴族的な味の果物。

転生前の世界でも人気の果物だが、こちらではこれを食べるのがステータスとなり、貴族社会を中心にとんでもないプレミアがついている。

「いい香りですっ。なんか、あったかい香りです」

「南国のフルーツだからな。少し緊張する。高いし、次、いつ手に入るかわからないし」

「オルクさんが高いっていうなら相当ですね」

「まあ、そうだな、このマンゴー一つで四十万ギルってところだ」

「四十万ギル!?　馬鹿なんですか!?　たかが果物一つに、えっと、籠《かご》の中に、五個、ありますよね……えっ、それって、それだけで二百万ギル。きゅううううううー」

キツネ耳がペタって倒れ、クルルが目をぐるぐると回す。

ちなみにこっちの物価では、百ギルあれば、パンやリンゴが買える。だいたい、一ギル一円ぐらいの価値はある。

「高いが、本当に今買わないと次いつ手に入るかわからないしな。言っただろう?　そもそも市場に流れず、貴族たちが独占するようなフルーツなんだ。今回のごたごたで、とある貴族のパーティが中止になったおかげでだぶついたらしい。ラッキーだ」

　砂糖とコーヒーで大儲《おおもう》けしてなければ買わなかっただろう。

「ううう、オルクさんの金銭感覚絶対おかしいです。二百万ギルあったら、一つの家族がそれなりな暮らし、一年ぐらいできちゃいますよ」

「なら、クルルは食べないのか？　興味ないか？　貴族が一つ四十万ギルも出す果物」

「食べるに決まってますっ！　値段を聞くと、余計美味《おい》しそうに見えるのが不思議です」

　苦笑しつつ皮を剝《む》いていく。

　さすがに、某《ぼう》大貴族に納入するはずだった代物《しろもの》、完熟で状態も質もいい。

　これなら、最高の菓子を作れる。

「でも、どうしてそんなに高いんですかね」

「海の向こうでしか採れない上に、腐りやすいからだな。木からもいで、二週間ぐらいしかもたない。船で二週間以内に王都まで運ぼうとするとだな、迂回《うかい》できず、鬼のように危険な海路を通らないといけない……それこそ、三回に一回は沈没するようなところだ。船と船員たちの命の値段が乗っている。四十万ギルっていうのは、そう考えると安いだろう？」

　まだ鉄の船というのは存在しない。蒸気機関がなく風力と人力が動力。

　そんな中、荒れた海、さらには魔物までが生息しているところを行くのだ。

多くの人員が必要となるし、命がけ。

とくに魔物はやばい。魔力が通う生物を好んで食べる習性があり、船の搭乗員に吸い寄せられる。

そして、狡猾《こうかつ》な種になると船底を狙い、沈没させてから乗員を喰らう。

船底を狙われれば為《な》すすべはない。反撃もできない。最低限、金属で補強をしているとはいえ、重くすれば風や人力では進まなくなるため限界がある。

そもそも海で海の魔物と戦うなんてこと自体がもう無理ゲー。

船を使った貿易は成功すればとてつもなく利益が、そして沈没すれば破滅という、とんでもないギャンブル。

ならばこそ、ふざけた値段で、この大陸にない商品は取り扱いされている。

「たしかに命がけですね。私が船に乗るなら、たっくさんお金もらわないと絶対いやです」

「そうだ、だから技術職の連中はとんでもない給料をもらうし、単純労働は奴隷だな」

「でも、これお金の匂《にお》いがしませんか?」

「……ほう、そこに目をつけるのか」

「もし、安全な、ぜったいに沈まない船なんてものが作れたら、ぼろ儲《もう》けです」

実に鍛冶師《かじし》らしい着眼点であると同時に、クルルの視野が広がっていると感じさせる。

「将来的にはやりたいな。例えば、鉄の船とかどうだ。魔物が嚙《か》みつこうが、壊れない分厚い鉄の船底をもつ船だ」

「そんなの、重すぎてぜんぜん進みませんよ」

「動力を変えればいい。魔力を動力にしてもいいし、ほかにもっといいのがあるかもな」

蒸気機関。いずれはこれを作ってみたいとは思う。

だが、それはさすがにもっと後だ。

「そういうの考えてみるのも楽しそうですね」

クルルが思考に没頭し始めた。

俺はそれを横目に菓子作りに集中していく。

マンゴーの一番おいしい食べ方。

それは間違いなく、生だ。

変に手を加えずに、生で食べるのが一番うまい……残念なことにそれは真理だ。

質の悪いマンゴーなら手を加えたほうが美味《おい》しいのだが、これほどの質が良いものだと生がいい。

カットしていく。大きなマンゴーなので、よく転生前の写真などで見た花咲カットに仕上げていく。

まずはマンゴーを三分割する。三分割したうち両端の身に均等に切れ目をいれて皮を押すと、サイコロ状に身が盛り上がってまるで黄色い花のよう。

うん、いい感じだ。

とても美味《おい》しそう。なおかつ食べやすい。皮にくっついたサイコロ状のところをスプーンで掬《すく》いながら食べられる。

「可愛《かわい》いです、綺麗な黄色い花みたい。じゅるりっ。皮を剝《む》くと、甘い匂《にお》いがもっと、ぐっときて、がまんできないです」

クルルが匂いに釣られて顔をあげていた。よだれが垂れている。

「だろう？　貴族たちが奪い合うのもわかる」

そして、俺は二品目と三品目に取り掛かる。

一番うまいのは生でもバリエーションをつけたほうが食べていて楽しい。

三分割したうちの真ん中は花咲きカットできないので、それをお菓子にしてしまう。

まずは半分を潰《つぶ》してペースト状に、残りの半分は細かくカットする。

ペースト状にしたうちの半分には、前もって作っていた酸味が強いフレッシュジュースを加え、さらにはカットした果肉と溶かしたゼラチンを投入。軽く混ぜて、透明なグラスに入れてしまう。

それをお手製の氷入りの鉄箱に入れて冷やしていく。

これで完成。作ったのはマンゴーゼリー。このマンゴーは完熟マンゴーであり、甘みは強いが酸味が少々物足りない。とても美味しくても飽きやすい。

だから、こうして酸味を加えたマンゴーゼリーにしてしまう。

「それでもう完成ですか？」

「まあな、あまり手を加えないほうがおいしい」

三品目に取り掛かる。

二品目は飽きないように酸味を加えてバランスをとったお菓子。

だから、三品目は逆を行く。

マンゴーの濃厚で高貴な甘さをより際立たせる。

マンゴーペーストにミルクと砂糖を加え、沸騰しないよう気を付けて温めていく。

「マンゴーって、温めると香りが強くなるんですね」

「そうだな、この匂いはぐっとくる」

よく混ざったところで、粗熱をとって卵黄を加えて、さらに生クリーム、火を通してないマンゴーペースト、カットした果肉を加えて混ぜ合わせた。

「これで仕込みは完成」

今しがた作ったそれを、鉄の容器に入れて、塩水に氷をぶち込んだボールに入れて冷やす。

さらには水の精霊に頼み、鉄の容器の中身、それを空気を含ませるようにかき混ぜてもらう。

冷やしながら、かき混ぜ続けることで、ジェラートができる。

優しい口当たりで、さらっととけるジェラートは美味しいのだが、空気を入れながら冷やすというのが面倒。それを水の精霊に頼むというずるで楽をさせてもらう。

三品目は濃厚マンゴージェラート。

「これであと一時間ほど待てば終わりだな」

「あっ、それなら、その間、いろいろと質問させてもらっていいですか。わからないところがいくつか」

「ああ、かまわない」

最近、クルルの勉強を見てやる時間がなかった。

お菓子ができるまでの間、クルルの成長を確認させてもらおう。

クルルの質問は的確で、学んだ技術を深掘りしようとするもので感心する。

「いつも以上にきれっきれだな」

「ふふふっ、知ってますか。頭を思いきり使った後は甘いものが美味《おい》しいんですっ！　だから、いつもより頭を使っているんです」

ドヤ顔をしながら、鼻を鳴らす。

俺は笑ってしまう。

たしかにそうだな。

「こんなにがんばってくれるなら、今度から勉強のあとにおやつを用意しようか」

「オルクさんは神ですかっ！」

おやつを毎日作るのも、悪くないな。

お菓子作りは嫌いじゃないし、こんなにも喜んでくれるなら頑張る甲斐《かい》があるというものだ。

第三話：お菓子作りは果物との闘い

ゼリーとジェラートが仕上がった。

ちょうどティータとルリネの訓練が終わるころだということもあり、訓練場のほうへ向かう。

一般兵が使っているところとは別に上級騎士御用達《ごようたし》訓練場があるらしいのでそこへ向かう。

「やってるな」

「ティータさんって剣も使えたんですか」

感心した顔でクルルが眺めている。

今はティータとルリネが模擬戦《もぎせん》をやっているところだ。

使っている武器は得意な弓ではなく剣、とは言っても短剣と呼ばれる類《たぐ》いのもの。

この国では全長九十センチ、刃渡り七十センチほどのものが主流。ルリネもそのタイプのものを使っているが、ティータのそれは全長六十センチほど、刃渡りは四十センチほどしかない。

弓が主武装であり、短剣はあくまで補助。それがエルフの戦い方だ。補助で使うなら普通の剣は重いうえに嵩張《かさば》って邪魔《じゃま》になるし疲れる。

「ほとんど互角だな」

「びっくりしました。あれだけリーチに差があると、不利なはずなのに」

近接戦闘において、三十センチの差は大きい。先に攻撃が届き、一方的な試合展開ができる。

「ティータの動体視力と反射神経は才能だな」

ティータの不利を帳消しにしているのはそれだ。動体視力と反射神経は訓練である程度鍛《きた》えられるが、もって生まれたものが大きい。

「それと、速いし、パワーもあります」

もう一つは身体能力。

エルフの里にいたころとは比べ物にならない。

「勝負がついたな」

「ルリネさんが勝ちましたね」

「武器の差だけじゃなくて、技術の差が大きい。ティータも素人《しろうと》じゃないが、あくまで弓のサブ、護身術程度なんだろう。さあ、行こうか」

「はいっ」

俺たちは二人のところへ向かった。

◇

どうやら、模擬戦で今日の訓練は終わりのようだ。

最後に柔軟をして、教官が終了を告げる。

……その教官に少し興味が湧いた。あまりにも立ち振る舞いが美しい。あれは相当できる。

さすがは母さんを教えた騎士だけはある。

「オルク、来てくれたんだね」

「せっかくだし、今日のおやつは外でどうかと思ってな」

「あっ、それいいね」

寒暖なこの地域にしては珍しく、今日は暖かい。ゼリーもジェラートも冷たいお菓子だ。外で食べたほうがおいしいだろう。

模擬戦《もぎせん》で戦ったもう一人、ルリネのほうを見ると厳しい表情で考えごとをしていた。

「不機嫌そうだな？」

「不機嫌？　私がですの？　……そうかもしれません。ちょっと、悔しくて」

「そんな、ルリネちゃん、私に勝ったよね」

「ええ、でも圧倒できなかった。自惚《うぬぼ》れじゃなく、技術では圧倒しておりましたの……でも、ぎりぎり。たぶん、ティータさんがある程度の技術を習得するだけで負けてしまう。私の技術にはまだ未熟なところはありますの。でも、ここからは爆発的な成長はない。必ず、いつかティータさんに勝てなくなってしまいます」

技術には限界がある。

一流までなら、さほど時間はかからず、超一流を目指すには気が遠くなるほどの努力が必要になり、そこから先は茨《いばら》の道。先へいけばいくほど成長し辛《づら》い。

技術で圧倒できるというのは、ある程度の相手までに限られる。

そう、もって生まれたスペックがなければ強さに上限ができてしまう。

「だろうな、ルリネの剣術は完成の域にあると俺も思うよ。フォーランド王国でも有数だ。まあ、凡人から見れば天才に見られるだろうな」

「ですね。私も天才のつもりでした。うらやましいですの。ティータさんやオルク兄様みたいな、身体能力や魔力量が。エルフというのは、みんなティータさんみたいですの？」

ルリネは嫉妬《しっと》を込めた視線をティータに向ける。

「えっとね、私は巫女《みこ》の血脈で、エルフの中でも特別だよ。でも、ここまでじゃなかったんだ。オルクと一緒になってから、魔力も気も身体能力も、ものすっごく成長したの」

「私もですね。オルクさんと一緒になってから、強くなって、鍛冶《かじ》が楽になりました。結局、体力と筋力と魔力量がものをいいますからね。それが十分にないと、できないことが多いんですよ」

二人の言葉を聞いて、ルリネの目が見開かれる。

「どうやりましたの！　教えてくださいませ。身体能力だけじゃなくて魔力と気が増えるなんて普通じゃありませんの！」

身体能力は鍛《きた》えればいい。

だが、魔力と気はほとんど増えないと言われている。

ティータとクルルは、食いついてくるルリネを見て、困った顔をしていた。どう答えていいか、悩んでいるのだ。

「その、えっと、それはオルクが答えたほうがいいんじゃないかな」

「ですよね、ちょっと口にするのは恥ずかしいですし」

だろうな。

二人ともそういうのは苦手だ。

「オルク兄様っ！」

「まあ、あれ。俺の種族はエヴォル・オークとは知っているか？」

「もちろんです。オルク兄様のことは調べつくしています」

「でっ、俺たちは両親の長所を継いだ子を作るわけで、普通に考えてみろ。俺のような規格外の力を持った子供を産んで母体が無事に済むと思うか？」

「言われてみれば、そうですね……」

「だろう？　だから、俺たちにはとある能力があってな。性交を行った際に、母体が出産に耐えられるように強化する。それまでは妊娠させない」

エヴォル・オーク、七つの能力が一つ。母体強化。

この能力がなければ、どこかで子を残せずに絶滅していたかもしれない。

……まあ、この能力があっても血が力に耐えられなくなって破綻《はたん》寸前だが。

「素晴らしいですのっ。だから、今日は妙に体が軽くて、剣が速く振れたわけですのね。オルク兄様、ルリネを毎日抱いてくださいっ！」

目がぎらぎらしている。

この子は、いろんな意味で貪欲だ。

……そして、こんなに食いつきがいいとつい考えてしまう。強くなりたい系女子には、この能力をアピールすればあっという間に落とせるのではないか？

いや、だめだ。心で愛し合わないと意味がないと決めたじゃないか。

「一緒にいる間はなるべくね。さすがに毎日とはいかないが。ティータとクルルも愛してやりたいし」

俺的には、三人同時に愛するぐらいはできるのだが、二人とも複数人プレイはあまり好きじゃない。

この前のデザート祭りはあくまで特別サービスだ。

「仕方ないですの。それと、私、別に力がほしいからって理由だけじゃないですから。大好きだから、愛してほしいとも思ってますの」

あざとい、でも、あざと可愛《かわい》い。

「お兄ちゃんがんばっちゃうぞ！　……それはそれとして、約束していたお菓子をもってきたんだ。みんなで食べようか」

「あっ、できたんだね」

「とっても美味《おい》しそうでしたよ」

「それはいいですね。甘いものが欲しかったところですの」

自信作だ、きっと喜んでもらえるだろう。

◇

上級騎士用の訓練場は偉い人たちが見に来ることもあって上等な机と椅子が用意されている。

手早く、用意した菓子を提供していく。

「このフルーツ、とってもいい匂《にお》い、それに花みたいで綺麗だよ」

「あっ、これマンゴーですの。よく手に入りましたのね。こんなカット初めて見ましたが、綺麗で食べやすそう。あとで作り方を教えてください」

「王族なら、マンゴーなんて珍しくもないだろう」

「いえ、王族でも滅多に食べられません。こんなの毎日、王族みんなで食べてたら国庫が空っぽになっちゃいますの」

意外と王族は多いし、それもそうか。

「それだけじゃないんですよ」

「なぜ、クルルがどや顔をする」

厨房には居たが、手伝ったわけじゃなく、ただ見ていただけだ。

俺は、残りのメニュー、マンゴーゼリーとマンゴージェラートも盛り付けていく。

「こっちも美味《おい》しそうです」

「早く食べたいですの」

どうやら、ゼリーはともかくジェラートのほうは知らないようだ。

ルリネでも知らないのならジェラートはこの世界では一般的ではないのかもしれない。

これもまた金の匂《にお》いがする。

「じゃあ、食べよう」

作っている俺もずっと楽しみだった。

なにせ、この世界の果物、そのほとんどはあまり美味しくない。

日本で食べられていた果物は美味しくするために何百年も品種改良を重ねてきたもの。自然種に近い果物は、甘みも足りず、苦みは強く、味は薄い……というものが多い。

だが、何事にも例外はある。自然種に近い状態でもうまい果物も存在する。そう、このマンゴーのように。

さっそく、マンゴーをスプーンで掬《すく》って口に運ぶ。

ああ、うまい。

果物特有の自然な甘さ、その系統でありながらも濃厚。

高級フルーツとして別格の扱いを受けている理由がわかる。

「美味しいっ、この果物すごいっ、人間の街の果物って微妙だなって思ってたけど、これはほんと美味しいよ」

「ううう、これが四十万ギルの味なんですね。涙が、涙がでてきます～」

エルフの里は世界樹の祝福で、野菜や果物が妙にうまい。

それを食べなれたティータが褒《ほ》めるのだから相当だ。

「久しぶりですけど、やはりマンゴーは美味しいですの……それと、このお菓子のほうは……。まずは透明で綺麗なゼリーのほうから。あっ、いいですの。酸味が爽《さわ》やかで、食感が面白いですわね。果肉がそのまま入っているのが素敵ですの」

「冷たいほうもいいね。うん、やわらかくて、さらっととけて。すっごく濃厚で甘いのにしつこくない」

「はいっ、果物とは違う甘さがして、これ好きです」

ゼリーもジェラートも好評なようで何よりだ。

自分で食べてみるが、いい出来だ。

マンゴーの場合、手を加えすぎると味が壊れてしまう。きっちりマンゴーの良さを残した仕上がりにできている。

「ふう、美味《おい》しかったよー」

「はい、大満足です」

「オルク兄様なら、城の専属パティシエにもなれますの」

「まあな」

謙遜《けんそん》はしない。

菓子作りはモテるために力を入れてきた部分。

「一つ聞いていいか、生、ゼリー、ジェラート。どれが一番美味しかった？」

「えっと、ゼリーがこのぷるぷるしていたもので、ジェラートが冷たいやつだよね」

「ああ、そうだ」

三人がそれぞれに考える。

わりとすぐに答えは出たようだ。

「えっと、私はこれ」

「私はこれです」

「……ごめんなさい、これですの」

なんと全員の意見が一致した。一致してしまった。

彼女たちが選んだのは、生のマンゴー。

「ぐっ、やはり勝てなかったか」

うん、わかっていた。生で食べるのが一番うまく、お菓子にしてもバリーションをつけて飽きさせないぐらいにしかならないと。

マンゴーの別名、菓子職人《パティシエ》殺しは伊達《だて》じゃない。

「あっ、でもお菓子もとっても美味しかったよ」

「それは間違いないです」

フォローが痛い。

「次、手に入ったら生よりうまい菓子を本気で目指してみよう」

「オルク兄様、楽しみにしておりますの」

不可能はない、ないはずだ。

本気で考えてみよう。

第四話：若者を叩くのは老害の習性なので仕方ない

それから十日ほど、城に滞在し、いよいよ城を出る日がやってきた。

十日ほど残っていたのは、人間と魔物の戦争が起こらないようにいろいろと後処理が必要だったからだ。

魔物側に顔が利く俺は何かと便利であり、なかなかの活躍だったと自負している。

……その間、賢王ヴァレオの『やっぱ、王にならんのか？』攻勢が仕事よりも疲れた。

そして、その十日はルリネをメインに爛《ただ》れた生活を送っている。

その理由というのが……。

「本当に行ってしまうのですね。寂しいですの」

「ついてきてもいいんだ」

「それはできませんの。王になるのですから」

俺はいつまでもフォーランド城にいるわけにはいかない。

そして、ルリネは王になると決めた以上、ここを離れるわけにはいかない。

つまりは別離だ。

だからこそ、一緒にいる間はルリネを優先した。

「残念だ。ちょくちょく遊びにくるよ。オークカーをかっ飛ばしてな」

あれがあれば、一日もかからない。

作って良かったオークカー！馬車だと片道一週間はかかるからな。

「約束ですの。来なかったら泣きますから」

少し、ルリネの目が涙ぐんでいる。

それは、出会ったばかりのころのように俺の気を引く演技ではなく、自然な仕草だった。

「じゃあ、俺たちは行くよ」

「また、新しいハーレムを探しにですよね？」

「ああ、そうだ」

それに街の商売も気になる。

ちょくちょく手紙で部下に指示を出していたが、俺でしか判断できないようなことが何かとあり、それは保留してもらっている。

「それと、これを持っていてくれ」

「これは、なんですの？　綺麗な宝石ですのね」

「オリジナルの魔道具だ。転移魔術の応用というか、簡易版だ」

転移魔術というのは、使用者が確認されている魔術の中では最高難易度。

妖精なんていった存在自体がふざけた連中や、マリン・エンライトしか使えない。俺も使えない魔術。

だが、基礎理論自体は習っているし、自分なりに解析をしている。

その結果、超簡易版の転移魔術を実現した。

と言っても、物質の転移はできていない。可能にしたのは情報の伝達。

「俺の持っている宝石と対になっていてな、元は同じ大きな原石から切り出した同一存在。その共振を利用して、互いの位置をつかみ、十二秒ほどだが声を届けられる。たとえ、どれだけ距離が離れていようとな」

転移魔術最大のハードルは三つ、転移先座標の特定と、物質の転送に莫大《ばくだい》な魔力量がかかるうえ、指定座標の環境によって著しい阻害を受ける点。

同一存在による共振で座標問題を解決、送るのを声だけにすることで残り二つの問題を解決した。

「すごい、すごすぎますっ、そんな、どれだけ離れていても言葉が届くなんて！　戦争が、経済が、いえ、世界そのものが変わりますの」

情報伝達が手紙などの物理の世界、すなわち情報の流れが遅い世界でリアルタイムの情報伝達は革命だ。

これ一つあるだけで、戦争の勝敗などはひっくり返る、経済で世界を支配できる。それ以上のことだって可能だ。

「そんないいものじゃない。魔力と親和性が高い宝石、それも術式を刻むために相応のサイズがいる、使える宝石はなかなか手に入らないし、高価だ。一つ作るのに三日三晩かかるし、使い捨て……便利ではあるがそうそう気軽に使えない。俺がいなければ、どうにもならないときに使ってくれ」

ちなみに今回の原価は一千万ギル以上かかっている。

十二秒、言葉を伝えるために日本円換算で一千万円と三日三晩の道具作りという、コスパは地獄だ。

「でも、状況によっては十分に割りに合いますの。時と場合によっては遠慮なく使います」

「ああ、そうしてくれ」

「でも、私だけがこんなものをもらっていいのですか？」

「いや、別にルリネだけというわけでは」

俺がそう言うとティータとクルルがそれぞれ胸元からチェーンで結ばれた宝石を取り出した。

二人は、持ち運びやすいようにネックレスにしている。

「私たちも持っているんだ」

「はいっ、ほんとうにまずいときのためにって、オルクさんは過保護なんですから」

俺なりに俺の女を守るために作ったもの。

ピンチにすら気付けないで彼女たちを失ってしまうのを防ぐためだ。

一千万円の使い捨て通信機だが、彼女たちを守れるなら安いものだ。

◇

オークカーを飛ばして、懐《なつ》かしの我が家にやってきて……書類の束を見て愕然《がくぜん》とする。

想像以上だ。

書類の束を見ていると、どうやらザナリック商会が売り出したコーヒーと安価な砂糖、その裏に俺がいることがどこからか漏《も》れてしまったようだ。

そのせいで、有象無象《うぞうむぞう》から、名だたる商会まで、まず話をしたい、提携したい、面白いアイディアがないかと問い合わせの嵐。

「すごいね。オルク、大人気だよ」

「もてもてですねー」

書類仕事を手伝ってくれているティータとクルルがからかってくる。

彼女たちは俺の仕事を手伝っているうちに、だいたい書いている内容を理解できるようになっていた。

「これが全部、美少女美女からのラブレターだったらいいのに」

実のところ、砂糖とコーヒーの収入がえぐ過ぎて、今はもうそんなにお金にがつがつしていない。

　放っておいてもマージンが安定して入ってくる。

　安価な砂糖の人気は想定通りだが、コーヒーの爆発的ヒットは少々予想外。

　もう少し、浸透するのに時間がかかると思っていた。ザナリック商会からの報告書によると、最初からインスタントコーヒーとして売り出したのが功を奏したようだ。インスタントではないほうは、ハードルが高く苦戦しているらしい。

「たくさん依頼きているけど、新しい仕事増やすの？」

「うーん、それはないな。面白いのがあれば別だが」

　オルク商会の今後は、面白い仕事、あるいは金銭面以外に貴重な品が入る、そういったもの以外は断るつもりだ。

「そうなんですね。良かったです。オルクさんが忙しくなっちゃうのは嫌ですから」

「おっ、俺がいないと寂しいのか？」

「そういうのじゃないんです。鍛冶《かじ》について教えてもらえないのが嫌なだけですから」

　たまにクルルはツンデレになる。

　そこがまた愛《いと》おしい。

　転生前はツンデレというのは、あまり好きじゃなかった。ストレスがたまる。

　だが、こうして目の前に現れるとその良さがわかる。

俺は勘違いしていたのだ。前提が抜けていた。

ツンデレの良さというのは、相手が自分を愛しているということを信じ切れて初めて味わえるものだ。

「クルルは可愛《かわい》いな」

「もっ、もう、子ども扱いしないでください」

よしよし、これからもたくさん教えてあげよう。

いろいろとな。オークックックッ。

「あっ、ザナリック商会の人から、報告書と一緒に話をしたいって来ているよ」

「それは断れないな」

ザナリック商会とは、この大陸の二大商会の一つ。

俺の師匠の一人である、商人の神様ヘルフ・ランドールのライバルでもある。

砂糖やコーヒーの商品展開では、協力して商売をしている大事なパートナー。

「三日後、そちらに伺うと返事を書いてもらっていいか」

「えっ、私が返事書いていいのかな?」

「今のティータなら大丈夫だよ」

商人同士の手紙というのは、いくつものルールがある。それなりに信用できる相手でないと任せられない。

ティータもだいぶ成長してきた。どんどん任せられるものは任せていこう。

「がんばるよっ」

その間に俺は山ほどたまった仕事を片付けていこう。

……にしても、手書きっていうのは面倒だな。

いや、魔術で片付けてしまおう。イメージの転写技術。あっちのほうが手で書くより早い。

「ほかにも面倒なのがありますね。商業ギルドの豊穣祭《ほうじょうさい》で、広報担当をやってくれと。オルクさんの商会、売り上げ規模的に何かしらやらないとまずいみたいですね」

「ぐふっ。まあ、それもそうか」

商業ギルド。それは商会のほとんどが所属する相互扶助組織。

当然、俺のオルク商会も所属している。

ここに入らないと、ギルドに所属している商会との取引ができない。……正確にはできなくはないのだが、かなり多くの制限を受ける。

基本的には月例会議に出たり、運営費を供出する程度だが、街の大きなイベントなどへの協力がいる。

豊穣祭というのは年に一度開かれる、この街最大の祭り。当然、オルク商会も手伝わないといけないし、その負担は売上に比例する。

「よりによって広報か……えぐいな」

広報の仕事は祭りの周知と宣伝。

具体的に言えば、ポスター制作と配布、あとは有力者へ招待状を送付し、同時にポスターなどを送り、ほかの街で周知してもらうよう頼むこと。

言葉にすると簡単だが、とてつもない手間と金がかかる作業。

「うわっ、宣伝ポスターとか二千枚用意しないといけないみたいですよ……いったい、何か月かかるんですか。それに、いろんな街の有力者たちに招待状を、うわっ、こっちも送り先のリストが千はありますよ。千通も手紙を書くなんて、しんどすぎます」

「印刷技術があれなのがネックなんだよな」

そう言えば、こっちの印刷技術はまだ木版印刷。

簡単に言えば、木版を彫ってインクを塗り付けて紙にぺたっとする原始的なもの。

木版はその都度作る一点ものだし、その木版が複数ないと一台のみで作業しないといけない。

木版印刷だと、一枚一枚インクをつけて紙に刷るなんて作業のせいで地獄のように時間がかかる。

ポスターサイズだとなおさらだ。

「でも、オルクならどうとでもなるよね。だって、魔術を使って五百ページの本、一時間で作ってたし。四時間あったらできちゃうんじゃない？」

「まあ、魔術の力業《ちからわざ》でできなくもないが。あれには欠点があって、黒と白でしか表現できないんだよなぁ」

　というのも、あれは紙の表面を焼いているのだ。いわゆるレーザープリンター。

　無からでは色素を用意できず白黒になるのは必定《ひつじょう》。魔術というのは、基本的には土・火・風・水の四属性の力、もしくは無形の運動エネルギー、概念強化、それらのどれかに分類される。

「ちょっと待ってください。二千枚のポスター、カラーでやる気だったんですか!?」

「そっちのほうがいいだろう?」

「そんなの職人さん何人いるんですか!?　色をつけるのなら、一日、一枚だってポスター仕上がるか怪しいです。白黒でいいじゃないですか」

「まあ、白黒でもいいというか、過去も全部白黒だろうし……でもな、せっかくなら度肝を抜きたいじゃないか」

　俺は見栄を張るタイプの男だ。

　今回、広報を任されたのは売上規模を考えると妥当《だとう》だが、ギルドの面々はオルク商会がほとんど俺のワンマンであり従業員数が少なく、印刷所にコネがないのも知っていて、あえて押し付けた。

　ようするに生意気な新参者にお灸《きゆう》を据えたい。俺が泣きついてくるのを今か今かと待っている。

　ならばこそ、完璧以上のものを作ってやろうではないか。

「よし、カラー印刷機を作ろう」

「カラーって、えっと、まさか」

「いくらオルクさんでも、色がある印刷機なんてつくれるわけないですよっ」

「いや、できなくはない」

実は江戸時代の日本で、カラー印刷の原型ができていた。それを錦絵《にしきえ》と呼ぶ。

面白そうだ。

二千枚のポスターを用意できないと思っている商業ギルドの老害どもが、鮮やかな二千枚のカラーポスターを見たらどう思うだろう?

よし、燃えてきた。やってみるとしよう。

第五話：バタフライエフェクトは突然に

カラー印刷を行うために、もろもろの根回しをしているうちに、三日が経《た》った。

今日は、ザナリックと会う日だ。

わざわざ俺を呼び出すなんてどんな用件だろう？

そんなことを考えながら、相変わらず立派なザナリック商会の本店を訪れ、ザナリックの執務室に案内された。

今日は一人だ。ティータにはカラー印刷関連の雑務、クルルにはカラー印刷機の基本設計と試作品作りを頼んでいる。

「お久しぶりです、ザナリックさん」

「オルク殿、これはこれは……聞いていますよ。フォーランド王国での活躍」

「それはそれはお恥ずかしい」

俺たちは握手する。

俺たちはビジネスパートナー、お互いに利益を与えあう仲だ。

それ相応の敬意がある。

ザナリックは商人というより、むしろ貴族然とした老紳士だ。

……にしても、フォーランド王国では派手に動きすぎたか。

一応、隠してはいたがザナリックほどの情報網を持っていればばれてしまう。

俺が王族であることを知って、なお態度を変えないのは俺が王族としてではなく商人として過ごしているということを汲《く》んでくれているのだろう。

このあたりの気遣いが、一流の商人たるゆえん。

「まずは謝罪を、従業員数が少ないオルク商会に、祭りの広報担当など無理だと止めたのだが、重鎮《じゅうちん》どもを御しきれなかった」

「いえ、気にかけてくださっただけでもありがたい」

「表立っては協力できないが、いろいろと便宜は図らせていただきます」

「その必要はないですよ。すでに、招待状はすべて出し終わり、ポスターのほうも目途《めど》は立ちました」

「まさか、そんな……大手の印刷所は使えないはず。あれは年単位で予定が埋まっていた。手紙だってそれ相応の人材が、かなりの数必要なはず」

オルク式、印刷魔術。白黒であれば一ページ数秒でイメージ通りに印刷できてしまう。

あとはそれを、うちの事務員たちが必死になって各所へ送付する手続きを行ってくれた。

バイトをだいぶ増やしたが、単純作業なので人はあまり選ばないし、そう時間はかからない。

ちなみに、招待状を書かせるところは任せられない。当たり前だが送る相手が送る相手なので、少しのミスも許されないし、字が汚いというだけで侮辱《ぶじょく》だと判断され、大問題になる。人手を増やせばいいというものではない。

まあ、そういうのもあって、うちじゃ無理だって思ったんだろうけど。

「いろいろとオルク商会ならではのとっておきがあるのですよ」

「それはそれは、ですが、お困りのことがあればいつでも相談してください。あなたに何かあれば、我がザナリック商会にとっても大損害だ」

「ええ、気を付けます。それが私を呼んだ用件でしょうか？」

「いえ、それとは別に相談があるのですよ。……こちらのリストを見てください。何か感じませんか」

渡されたのは港に入荷された商品の一覧。

この情報元は税関だ。関税をかけるため、あるいは危険物を持ち込ませないために、港から持ち込まれたものすべてをチェックする。

だからこそ、税関には持ちこまれた商品すべての情報が出そろう。

「これを一商会が見られるのは問題ですね」

当然、商会が見ていいものではない。

商売上で、有利になりすぎる。なにせ、競合している商会たちが何を仕入れたのかを事前に知ることができてしまう。

その情報を適切に使えば、いくらでも先手を取れるだろう。

「ええ、我々ザナリック商会も、常にこういうものを閲覧できるわけではないのです。今回は領主から相談を受けたのですよ」

その相談で、俺に知恵を借りたいというわけか。

というか、さすがザナリック商会。領主にも頼られているのか。

商会の規模だけじゃなく、ザナリックの人柄もあるのだろう。

彼は理想の商人だ。それは金儲《かねもう》けがうまいというわけではなく、誠実なのだ。それがもっとも大きな利益を生むとわかっている。多くの商人は目先の利益に走ってしまう。

「これが港から入ってきた荷物のすべてだとするなら……あまりにも少なすぎる」

「そう、実は我々の商売が引き起こした事象なのです」

「砂糖か」

「ええ、その通りです。今まで、大陸間の貿易では砂糖こそが花形でした。保存が利き、嵩張《かさば》らず、需要が大きく高値で売れる。うまく仕入れられれば莫大《ばくだい》な儲けとなる。非常に美味《おい》しい商品」

保存が利き、嵩張らない、高く売れる。それは長期間の航海が必要になる貿易では特に重要だ。

王都で俺はマンゴーを購入したが、ああいうのは商売としては美味しくない。苦労して運んでも、何かトラブルが一つあって予定よりも到着が遅れるだけで腐ってしまう。

売り手を即座に見つける必要もある。柔らかく輸送中に潰《つぶ》れる危険性があるし、対策のために梱包《こんぽう》するから嵩張り、多く運べない。あれは砂糖貿易のついでに運ばれたものなのだ。

「……なるほど、主力商品がなくなって、大陸間貿易が割りに合わなくなったということですね」

この世界では海の魔物という脅威のおかげで、船が沈む率は、転生前の世界とは比べ物にならないのだ。

それでもなお大陸間貿易が行われるのは、砂糖の利益は莫大で、割りに合ったから。

砂糖が安価に出回れば、その前提が崩れる。

「その通りです。では、なぜ、それが問題になるかはわかりますか？」

「商業都市は莫大な関税を徴収している。だからこそ、ほかの税を下げられて商売に活気があるし、福祉やインフラも充実している……この程度しか貿易がないなら、今の安い税率もインフラも維持できない。それに、今まで砂糖のついでに運ばれていた、別大陸の品が入ってこないのも問題だな。それ目当てにやってくる観光客も商人たちが落とす金も失う」

「ええ、領主は頭を抱え、このままでは領内での砂糖の製造を禁じると言い出しました」

領主から見たら、それは正しい判断ではある。

砂糖を安く売れなくすれば、それだけで元通りになるのだから。

とはいえ……。

「ザナリック商会にとっては、些事《さじ》では？　砂糖で商売できなくなるとは言っても、別にザナリック商会とオルク商会が、この街から別の領地に本拠地を移せば問題ないのでは？」

砂糖の儲《もう》けは、本拠地を移すだけの価値がある。

「その通りではありますが、様々な弊害《へいがい》がありましてね。金だけの問題ではないのです」

「たしかに、ザナリック商会はそうでしょうね」

この街を本拠地にした大商会というのはそれだけでブランドになる。

それに、この街は商業都市を自負するだけあって、いろいろと法も商会に有利だ。

この街よりも自由に商売できる街は存在しない。

「ザナリック商会は何かしらの答えを出したのですか？」

「ええ、砂糖の価格を港から入ってくるものと同じにする。砂糖の売り上げは半分以下になるでしょうが、利益率は数倍になる。十分儲けられるでしょう」

「実に現実的です。だが、面白くない。砂糖が安価に出回る。だからこそ、育ち始めた文化もある。その流れを止めたくはない」

俺たちが砂糖を安く売りだしてから、目に見えて街に甘味があふれた。お菓子が貴族や金持ちの娯楽から日常的なものとなったのだ。

だからこそ、工夫を凝《こ》らした菓子が次々生まれていく。

そのおかげで、俺や俺の女も美味《おい》しくて素敵なお菓子が食べられるようになった。

そして、それを目当てに他の街、他国からも人がくるようになり、以前より街は活気がでてきている。

「同意ですな。文化は意図的に生み出せるものではありませぬ。ならばこそ、芽吹いたものを大事にしたい。ですが、今のままではどうにもならないという現実は変わりません」

目を閉じ、思考をめぐらす。

砂糖が安価に出回るという現状は変えずに、問題を解決するにはどうすればいい？

貿易が割りに合わなくなったことこそが問題の本質。

だが、本当にそうか？

たしかに砂糖は花形ではあった。

だけど、海の向こうからくるものは他にも魅力的なものが多くある。

実際、砂糖のついでに運ばれていたものが、ほとんど出回らなくなり高騰《こうとう》している。つまり需要がある商品は十分にある。

ならば、とるべき手段は二つ。

「需要がある商品の洗い出しとほかの商会と共有をしましょう。砂糖のついでに運ばれていた商品の中で、とくに値上がりが激しいものは砂糖に代わる収入の柱になる。絹などは、激しく市場価格が上昇している……そして、もう一つはリスクの低減策を押し出すこと。やはり、貿易というのはリスクが高すぎて博打（ばくち）なんだ。それを改善する。船が沈んでも破産しない仕組みを作ればいい」

「後者のほうを詳しく聞きたいですね」

「ご存じの通り、貿易は成功すれば莫大《ばくだい》な利益が手に入り、船が沈めば破産。だからこそ博打。そうみんな考えている」

「ええ、そうですね」

「その博打を、ザナリック商会のような大商会がやれているのはなぜでしょうか?」

大きな商会ほど博打は打てない。

だが、事実としてザナリック商会などは何隻もの船を所有して、積極的に貿易を行っている。

ザナリック商会の主力商品、コーヒーは大陸間貿易によるものだ。

「それは、いくつも船があるからですね。十隻に一隻沈むのは織り込み済み、残りが戻ってくれば黒字になるのですよ。統計的に見て、儲《もう》けになると判断して行っている」

「でしょうね。ですが、ザナリックのような大商会でなければ、そういう考え方はできない。船を一隻か二隻もつがの精一杯。沈めば破滅。貿易に及び腰になる。ハードルが高すぎる。そのハードルを下げてやるのです」

　今のはあくまで例に出した話だが、十隻に一隻沈んで良いというのは大商会だからこそ許される発想。その十隻に一隻が当たってしまえば破産するのが中小規模の商会だ。

「それを解決するのが保険というものかね？」

「ええ、そうです。一隻、二隻しかもってない商会を、仮に十組集めましょう。そして、そのうち一隻が沈むとします。そうなった場合、その損失を他の商会が分担して埋めるのです」

「ふむ、それではよその商会の損を被ることになる」

「ですが、自分が沈んだときは庇《かば》ってもらえる。……これの考え方の肝は、破産のリスクなしに挑めるということ。ようするに大商会のようなトータルで儲ければいいという考え方を中小商会でも行えるため、貿易が博打でなくなるということ」

十隻に一隻沈むリスクを、みんなが許容できるようになり、積極的に貿易に参加できる。

それこそが保険のメリット。

「……面白い考え方だ」

「もちろん、これはただのアイディア、実際に行う場合はいろいろとルールが必要です。連帯責任を負うわけなので、ろくな知識も経験も技術もない、明らかに沈みやすい船がグループに入ってしまうのはいけない。審査と基準がいる。それに保障だって、どれだけの額がいいのか？　あるいは保障の仕方をどうするか詰めないといけません。ですが、可能です」

「その根拠は？」

「言ったでしょう。これは大商会のトータルで儲けるというやり方を中小商会で行うというもの。あなたの商会が成功できているのなら、可能です」

「ふむ、道理ですな」

「この保険という考え方、これに気づけば、あなたならいくらでも商売にできる。胴元をやれば、それなりに儲《もう》かると思いますよ。なにせ、保険という考え方は船だけにとどまらない」

保険会社というのは、転生前の世界でも極めて巨大なマーケット。

ザナリックほどの男なら、いくらでも金を生み出せる。

「素晴らしいアイディアですな。これで、貿易に中小の商会が一気に乗り出せば、貿易量が増えるだけじゃなく、さまざまな品が商業都市に持ち込まれ、より市場は活性化する。胴元をうちがやれば、莫大《ばくだい》な利益になる」

「がんばってください」

「こんな、アイディアを言ってしまって良かったのでしょうか？」

「どっちみち、胴元には莫大な資金……それ以上に信用がいるので、オルク商会では無理ですよ。というより、ザナリック商会以外には不可能です。私はこの街が好きだ。これで市場が活性化すれば、オルク商会でも拾える旨《うま》みができる」

感心したような顔で、俺の顔をじっと見つめてくる。

「君という男は……。どうしても君がほしくなった、私の娘と結婚しないかね？　婿養子《むこようし》になってくれないだろうか？」

なんだと!?　この俺に、向こうから女がやってきた。

落ち着け、飛びつくな、大事なことがあるだろう。

「あなたの娘にティータと同等の美しさがあれば」

「……そっ、それは……ああ、すまない、どう言いつくろっても、あのような美貌《びぼう》は」

「でしたら、お断りします」

俺のハーレムメンバーになる基準はとても厳しいのだ。

なにせ、目指すのは世界最高のハーレムなのだから！

俺は味にうるさいオークさん。

「君という男は……残念だが、仕方ない。さっそく保険の草案を作り、市場価格が上昇している貿易品のリスト化で動くとしよう。これで領主を安心させられるでしょう」

「お願いします」

「ただ、我が娘も相当美人だぞ、君のところのティータくんに及ばないだけで」

「私は妥協をしないので」

「だが、あれほどの美人となると、噂に名高き美姫、ルリネ・フォーランド姫。あるいは美男美女ばかりの神鉄の一族の中でも別格と呼ばれる今代の剣の巫女《みこ》ぐらいですな」

「ははははは」

言えない、その二人はもうすでに俺のハーレムだなんて。

でも、あの二人の可愛《かわい》さって有名だったたんだ。噂にもなるよな、あれだけ可愛いんだったら。

いや、待てよ。ルリネとクルルのことを知っているなら、ザナリックは他に美女を知っているのでは？

「ほかに美女を、その二人に匹敵する美女を知らないでしょうか！」

「なんだ？　やけに食いつきますね……そうですな、この大陸では聞かない。もしかしたら、別の大陸にならいるかもしれないですが。なにせ、この大陸に三人いるのだから、別の大陸にも三人ぐらいいるのではないかな？」

「それだっ！」

情報屋を使って、有名どころの美女、美少女は調べている。

ガセやら誇張が多かったので、わざわざカメラを開発して、今では写真を送らせていたりするのだが……それでも見つからない。ティータたちに匹敵する美女、美少女がいない。

ここから先は難航すると考えていた。だが、彼の言う通り別の大陸ならまだ見ぬ美女、美少女がいるのかもしれない。

あっ、いや別大陸にならぬ、調べるまでもなく、ティータに匹敵する美女が居たな。それもとてつもなくエロいお色気むんむんの……でも、悲しいことに彼女は俺の女にはなりえない。

「さっきの話ですが、一度大陸を渡ってみようと思います。既存貿易品で穴埋めをするだけじゃなく、砂糖の代わりになるような素晴らしい商品を見つけられれば、より活気づくでしょう。あてはあります」

「それはなんですか？」

「スパイス」

「ほう、スパイスですか。オルク印のメンチカツ、あれはうまい」

「あれに使われているスパイス……実は、故郷のスパイスと言っているのですが、嘘なのです。たまに、海を渡って仕入れてました。今までは、さほど量が必要というわけでもなかったので、量にはこだわりませんでしたが、貿易として行うなら、相応の生産量がある拠点の発見……あるいは土地を買って、人を雇い、農園の設立を行うのもありかと」

「ははは、なるほど。いくら産業スパイたちががんばっても見つけられなかったわけですな」

オルク印のメンチカツに使っているミックススパイスは八種のスパイスを調合したもの。そのうち、こしょう、唐辛子に近い二種は海外で仕入れたもの……を幼馴染《おさななじみ》が育てている。

高温多湿環境でないと育たない品種で、俺たちがいる寒冷な大陸ではどうにもならない。

村で彼らが育てられているのは、大地に儀式魔術を仕掛けて、マナを吸い上げ気候変動させるなんてふざけた真似《まね》をしているからであり、その技術はさすがに公表できない。

「興味深い。農園の設立となれば一枚かませていただきたい……あのオルク印のメンチカツに使われている、薫《かお》り高く辛みのあるスパイス。あれは巨万の富を生み出すだろうなー。

中世、近世のヨーロッパでこしょうはすさまじく高値で取引された。

主に肉の臭《くさ》み消しに使えるのだが、肉の保存技術が未熟であり肉は臭みを帯びる。そして貴族や金持ちが望む料理は臭みがないもの。それこそが高貴だという価値観があった。

それを叶《かな》える魔法の粉。それこそがこしょう。

こちらでも環境は変わらない……というか、ミックススパイス関連で聞いてくる奴やら、産業スパイやらは星の数ほどいる。

「というわけで行ってきます」

海の向こうにいるまだ見ぬ美女、美少女に出会うためにっ！

ついでに、彼女にも会おう。彼女なら、立場が立場だけにいろいろと知っているはずだ。

「期待しておりますぞ。にしてもオルク殿も人が悪い。まさか、個人で船をもっていたとは」

「そんなものはないですよ」

「でっ、ではどうやって」

「海の上を走って行くんです」

今でこそ、村で幼馴染《おさななじみ》が……オークの村で激辛カレーのブームが来て以来スパイスを育てているのだが。その種を仕入れたのは、俺が直接海を渡って採取してだ。

そのときは、海の上を走って行った。

「ははは、ご冗談を」

「意外に簡単ですよ。まあ、今回は量が多いので船を用意しますが」

「そういうことにしておきます。船をお貸ししますよ。そうそう好きに借りられる船など見つかりますまい」

善意ではなく、俺がこしょうを仕入れるルートを知るためだろう。

十隻に一隻は沈む、そんなリスクを負って船を貸すのだから、それぐらいの旨味《うまみ》を求めるのはむしろ当然。

「いえ、適当に馬車を改良するので」

「何を言っているのかわからないのですが」

オルクカーの最新型は水陸両用。とは言ってもさすがに長距離航海は想定していない。

ならばこそ、少々手を加えないといけない。

「というわけで、忙しくなりそうだ。そろそろおいとましますよ」

「祭りのほうは大丈夫ですかな？」

「そっちは二日で片付けますよ」

なぜか、ザナリックが一瞬、無表情になった。

きっと疲れているのだろう。

さてと、帰ろう。

ティータもクルルも海外は初めてのはずだ。

初めての海外旅行。きっと喜んでもらえるだろう。

第六話：江戸時代に生まれたオーパーツってけっこうある

家に戻り、クルルのために作った工房に顔を出す。

「できましたっ、試作型、カラー印刷機ですっ」

「早いな」

「だって、オルクさんがほとんど設計図を作ってくれたじゃないですか」

今回はクルルの課題でもあったので、穴抜き問題。原理を教えたあと、中途半端に作った設計図を渡して、残りを完成させてくれとお願いした。

まさか、それがこうも形になっているとは。

「試してみよう」

「うまく動くといいんですが」

そのカラー印刷機というのは、基本的には木版印刷を複雑にしたもの。

鉄製の装置に木版を四枚セットする。

一枚の木版から計算して、作ったもの。

その四枚にそれぞれ別のインクを注ぐ。

まずはレバーを引く、すると四つの木版が収まった部分が圧縮されていく。

そして、クルルが金具を思いっきり引くとローラーが回り、木版が収納された部分がスライドして、絵が刷り上がる。

このやり方自体は原始的だが、原始的な作業を極めて効率的に行うことで、一枚当たりの所要時間を大幅に短縮できる。

「ちゃんと色がついてます。びっくりしました。なんで、つかった四色、全部違う色になっているんですか!?」

「色というのは混ぜると変わる。例えばだが、ここに赤と青のインクがあるだろう。混ぜると……」

「紫になりました」

「三原色と呼ばれる色と黒があれば、白以外どんな色でも計算で作れる」

色の三原色。

基本的に四つの木版に三原色と黒、それぞれを注ぎ、印刷するときに色を重ねて望む色を作り、刷る。

これが人類最古と言われるカラー印刷。江戸時代に生まれた技術、錦絵《にしきえ》。

本来、刷るときにも相応の技術が必要ではあるのだが、それをだれがやっても正確に短時間で行うために設計したのが、この装置。

計算は面倒だが、一度セットすれば、次からは四つの木版をセットした装置にそれぞれの色を注ぎ、レバーを倒して、金具を引くだけでいい。

「いいポスターですね。すっごくいいデザインですっ」

「いや、これはサンプルで、職人曰《いわ》く、即興で適当にやったものらしい。再来週に本番用が届く」

あれは驚いた。

仕事を受けて、三十分ほどで仕上げたのにこのクオリティ。ぶっちゃけ、もうこれでいいんじゃないかな？　って思わなくもない。

「サンプルでこれですか!?　どんな天才ですか」

「この街で売り出し中の、若手ナンバーワン職人にデザインしてもらえたからな」

「よく、引き受けてもらえましたね」

人気絵師ほど、仕事がつまり新規の仕事を受けてもらえないのはどこの世界でも変わらない。

「まあ、一年ぐらい遊んで暮らせる金と、金だけじゃどうにもならない希少な筆をコネで手に入れて融通した」

「うわぁ、すがすがしいほど力業《ちからわざ》です」

金と権力とコネがあれば、たいていの無理は通すことができるのだ。

「いい絵を手に入れるためには手段を選ばんよ。あとはこの装置で刷りまくるだけ。まあ、バイトの子にあとは任せればいい。猿でもできるからな」

インクを注ぐ、レバーを倒す、金具を引く。

一分ほどかかり、インクを乾かすのに十分かかるとはいえ、あとはもう暇な奴に任せればいい。

「ふう、なんとかなるものですね」

「まあな。ただのポスターでも不可能だと思っている連中が、カラーの、それも超一流デザイナーのイラストでのポスター二千枚だと知れば、度肝を抜かれるだろう」

ふふふ。老害どもに目にもの見せてやろう。

あとは、刷り上がったポスターに撥水《はっすい》コーティングしないとな。

そっちはそっちで、帰ってきてから用意しよう。

「あっ、ティータさんが帰ってきたみたいです」

足音が近づいてくる。

「ただいま、ふう、仕事受けてくれる大工の人たち見つかったよ。来月、ポスターを二千枚届けたら、あとはやってくれるって。この街だけじゃなくて、支店がある街とかも、サービスでやってくれるし、貼る許可とかの調整とかも任せてって言ってるよ」

「それはいいな」

労働力だけじゃなく、いろんな許可の申請とか面倒なことがなくなるのはとてもいい。

「とても親切な親方さんでした」

「いい人ではあるが、ティータがいい交渉をしたからでもある」

たぶん、下心だなー、美人は得だなー。

そう思っても口にはしない。

天然でやっているほうがティータはいい。

一人で交渉できるようになった弟子を見て、感無量だ。

「ぜんぜんだよ。だって、予算だって余裕あるし」

契約書を見るが、十分適正の範囲内。サービスしてもらっていることを考えると割安だ。

「よくやった。クルルもだ。二人のおかげで、だいぶ余裕ができたな」

交渉と試作品の製作。

ぜんぶ自分でやるのは時間的に厳しかった。

「これから、もっとお手伝いするね」

「ふふん、任せてください」

「ああ、期待している……そして、がんばってくれた二人にご褒美《ほうび》だ。海外旅行するぞ！

海を渡って、観光だ。こっちとは何もかもが違う、文化も気候も景色も何もかもが違う。美味いものも、楽しいものもあるはずだ」

「それは楽しみだね。マンゴーみたいな美味《おい》しいものがあるかも」

「知らない素材とかあるかもですね。文化が違えば、鍛冶《かじ》の技術も新しいのがあるかも」

二人とも興味津々《きょうみしんしん》で良かった。

楽しくないと意味がない。

「さっそく、明日行くから、荷造りをしておいてくれ」

「ずいぶん、急だね」

「オルクさんがこんな前のめりになっているってことは……女ですね」

怖い、クルルの笑顔が怖い。

「あはは、そんな、ねえ？」

「あっ、これあたりだ。女の子のために海を渡るんだ」

「オルクさんって、商人モードのときって鉄壁なのに、なんで私たちと話すときゆるゆるなんでしょう」

「うっ」

それは素だからだ。

俺は嘘が苦手なのだ。

商人モードと言っているのは、理想の商人の仮面をかぶり、別人を演じているからこそ。

話し方、思考法、癖まで、細かく設定し、なりきる。これもまた俺の技術であり、商人の神様に叩《たた》き込まれたもの。

ティータやクルルの前ではそんな技術は使わない。

女性受けがいい人格も作ってはいるのだが、それを彼女たちの前で使うことはない。

彼女たちの前では普段の俺でいたい。

「ごほんっ、いや、たしかにそれはある。いや、ティータ、クルル、ルリネが綺麗すぎて、おまえたちに匹敵する美少女が、この大陸にはいないんじゃないかと思ってな……なら、海の向こうへ行こうかと」

二人が呆れ交じりの目を向けてくる。

「うわぁ、すごい執念」

「そこまでやるんですか」

「そこまでやる」

伊達《だて》や酔狂でハーレム王を目指しているわけではない。

「まあ、でも大丈夫だと思うよ。だってさ、海の向こうって簡単に言うけど、ものすっごく広いもんね」

「たしかに、そうですね。そんな都合よく、海外旅行、せいぜい数日で、美女や美少女と出会うなんて、ありえませんよね」

「……いや、オルクなら、事前にリサーチしているんじゃない？　ザナリック商会の海外支部とかに協力してもらって」

「いや、してない。というか、俺が今から行くところって、たぶんザナリック商会も目をつけてないんじゃないかな？　知っていれば、俺が使っているスパイスと同じのを仕入れているはずだし」

海流の関係で、風と人力を動力にしている限り、相当特殊なルートを通らないとたどり着けない。

一見、信じられない遠回りに見えるのだが激しい海流に押し流されていくので意外と時間はかからない。

逆に帰り道は最短航路を通れるので〝知っていれば〟楽に往復できる。

「本当に運任せなんですね」

確率的にはそうだ。

だが、俺は経験的に知っている。

「ああ、そうだ。運命に任せる！」

最近、気づいた。

なぜかは知らないが、美女、美少女を探して見つかるのはせいぜい、一級品まで。

ティータたちのような超一級は、なぜか自然と運命の流れとも言えるような中で出会う。

ならばこそ、あえて探さない。

そう、自然と出会うのに身を任せるのだ。

……まあ、そのついでに会う知り合いは、とてつもない美人なので、一応美女と一人も会えないなんてことはないが。彼女と会うのはちょっとしたほかの用事も兼ねている。

「あはは、うん、その、がんばって」

「でも、なぜかそれで、新しい子が来ちゃうような気がするんですよね」

「それで、今回も世界を滅ぼすような事件とセットとかかな？」

「あはは、そんなことないですよ」

ティータとクルルが笑うがどこか乾いた笑いだ。

さてと、俺も荷造りしよう。

ちゃんと、オーク印の女を落とす七つ道具を用意しておかないと。

ふふふっ、別大陸の美女。

いったい、どんな子だろう。

お姉ちゃんがいいな。ティータは幼馴染《おさななじみ》キャラ、クルルは後輩キャラ、ルリネは妹キャラ、となると次は姉キャラだ！

いろんなタイプの女の子がいたほうが、ぜったいに楽しいのだ！

第七話：七つの武器だオークカー

翌日、オークカーに乗って海岸に来ていた。

オークカーの変形は手作業なので、車を出ての作業が必要になる。

ボタン一つで完全変形というのは憧れるのだが、それを実装するために必要な機構は多岐にわたり、機体の強度が落ち、重量が増える。しかも故障率が跳ね上がるで踏んだり蹴ったり。

変形合体ロボットとかで、スラスターから手が飛び出てきたりするのがあるけど、あれだって飛んでいるときは完全なデッドウエイトだし、そもそもあんなものを突っ込んでいてスラスターがちゃんと機能するのか？　という疑問がつきない。

というわけで、オークカーの水上モードへの変形は手作業である。

「眠いですぅ」

クルルが目をこすっている。

「車の中で眠っていていいぞ」

「ううう、昨日頑張った成果を見届けたいんです」

もともとあった水上モードはあくまで、内陸で湖などを突破するように短時間運用を想定したものだったので、長距離航海に耐えられず手を加える必要があった。

気密性を向上、さらには動力の一部に少々の変更を加え、さらなる軽量化で防御力と引き換えに浮力の確保と速力の向上を可能にした。

これらの改良は一人でやるつもりだったが、クルルは手伝うと言って聞かなかった。

新しい知識を得るためであり、修行でもあるとのことだ。

クルルも気を扱えて、一晩、二晩の徹夜ぐらいなら問題ないのだが、カラー印刷機を作るのに連日の徹夜、それも頭を極限まで使ってだったので、限界が来ているのだ。

「なら、もうちょっとがんばってくれ」

タイヤが、横向きになる。そうすることで浮力が増す。

そして、中の動力系を切り替えて、ホイールに伝達させる回転を機体後部のスクリューに繋《つな》がるようにしていく。

「この大型スクリュー苦労しました。こんなのが必要なんですね」

「長距離航海用だからな」

改造前は折りたたんで小型化できる薄型という、荷台にさりげなく置いておけるようなものを使っていたが、今回のは荷台には載らず、車体上部に括《くく》り付けるような大型のもの。

こういうのでないと効率が悪い。

さらにこれは複数の魔法金属を組み合わせており、受ける水流によって最適な形に変形するという、オーパーツなのだ。

「これで完成です。オルクさん、押してください」

「ああ、ティータとクルルは中に乗れ」

車を押して、水に浮かべていく。

ここが人力なのはしまらないが、構造上仕方ない。よかった、魔法とかあるファンタジーな世界で。

転生前の世界なら重機がいる作業だ。

「よしっ」

ちゃんと浮いた。

水上を歩いて、車に乗り込む。

「ねえ、オルク、今さり気にありえないことしたよね」

「この人、水上を歩いてきて、ふつうにドア開けて入ってきましたよ。靴の裏すら濡れてないってどうなっているんですか」

「水の精霊が使えるからかな?」

「いや、気だ。足裏を中心に気を広く展開して、水面を広く捉えている。魔術を使う必要もない。覚えておくと便利な技術だな。これがあれば気軽に大陸を渡れる」

二人が絶句している。

「それが、どれだけ繊細《せんさい》な制御が必要だと」

「原理はわかってもできる気はしないです」

「そんなんじゃ、オークカーが沈んだとき、戻ってこれなくなるぞ。もしものときは走って帰ってくるんだからな」

オークカーは試作機なのだ。いや、実験機か。試作機と実験機の違いは仲のいいオタクに聞いてくれ。たぶん一時間ぐらい熱く語ってくれる。

ガ●ダムとか絡《から》めると軽く地獄が見られるぞ！

「……うわ、この人本気です」

クルルがとても嫌そうな顔をしている。

仕方ない、最悪の場合はクルルを担いでやるとするか。

「でも、案外できちゃうかもしれないよ。ほら、私たち、オルクに愛されて強くなってるし、気とかも増えてるし、制御もうまくなっているからね」

「もう、軽く人を辞めちゃいましたね」

魔力エンジンをかける。

魔力を注ぐことで、モーターが回転、駆動系によってスクリューが回る。

オークカーが大海に飛び出した。

「この前、湖を突っ切ったときも驚いたけど、海だと、やっぱり違うね」

「はい、とんでもないです。水平線というのがこれなんですか。広いですね、オルクさんがこの星が丸いって言っていたのがようやく納得できました」

窓から顔を出して、海の様子を見る。

さあ、航海の始まりだ。

今回はあえて、遠回りの安全なルートを行く。使った航路はザナリックに共有してやるつもりだ。

スパイスを入手できて安全な航路をみんなが知れば、街の経済は活性化する。

もう、オルク印のメンチカツは十分儲《もう》けたし、スパイスが出回るのはどうでもいい。

むしろ、いろんなスパイスが輸入されて、どっかの料理人がカレーとか作ってくれると最高だ。

「潮の香りがするね」

「お魚の影が見えます。美味《おい》しそうです」

二人とも海の旅を楽しんでいる。

クルルは泳ぐ魚に興奮していた。

ふふふっ、やはり、魚が気になるか。

そう思って、オークカーにはさらなる機能を追加しておいたのだ。

「ティータが座っている椅子の横に、ボタンがあるだろう?」

「うん、絶対押すなって書いてて、黒と黄色の縞々で周りが色付けされた赤くて大きいやつだね」

「いや、その下にある地味なほう、赤いやつは押してもいいが、たぶんめちゃくちゃ後悔することになる」

「だったら、そんなの作らないでよっ！」

……まあ、それはロマンだから仕方ない。

「とにかく、地味なほうを押すんだ」

「うん、じゃあ、行くよ」

ぽちっと音が鳴った……気がした。

後部座席の足マットがスライドする。

すると……。

「あっ、すごいです、お魚が泳いでいるところが見えますっ」

「これ、どうなってるの？　海のお魚って、綺麗なんだね！」

「いや、ふつうにオークカーの船体を露出《ろしゅつ》しただけだが」

軽量化のため、オークカーの胴体部は強化アクリル板とマジカル金属の複合素材。きわめて透明度が高い。そのため、ペイントをしているのだが、あえて後部座席の足元だけペイントを落とした。

さらには少々細工して、レンズとしての役割を果たすようにしたので、水の中が良く見える。

機能性を目的としたわけじゃない、ただの観光用。女を喜ばすためだけの無駄機能。気配りができるオークさんのセンスが光る逸品《いっぴん》だ！

「楽しいね、これ」

「ずっと見ていられます。それに、釣りとかするとき最強じゃないですか。だって、水の中を見ながら釣りができますし」

「いいかもな、昼食時には車を止めて、釣りをして釣れた魚をその場で調理するってのはどうだ？」

簡易的だが、オークカーには調理場が存在する。

水などは、魔術でいくらでも使える。

「あっ、いいかもね。でも、どれが食べられるかわからないよ」

「お魚、意外と毒持っているのいますからね」

「ふっ、俺に任せるといい。解析魔術を使えば余裕だ」

食べられる魚かどうかを見抜き、どんな魚だろうとうまく料理してやろう。

「楽しみだね」

「大きいの釣りますよ」

「ああ、がんばってくれ」

やっぱり作って良かった、オークアクアリウム。……手抜きだが。

「ルリネちゃんも来たかっただろうね」

「お姫様は忙しいんですね」

昨日、俺一人でさっとルリネのところに行って、誘ったのだが、他国で会議があるとかで残念がっていた。

なので、仕方なく、セックスしてすぐ戻ってきた。

……文章にするととてもひどく見えるが、そう、あれだ、慰めセックスだ。むしろ、ルリネのためにやったのだ。うん。

「その分、土産《みやげ》はがんばろう」

海外の珍しい品だと、王族でもそう手に入らない。

きっと喜んでもらえるだろう。

「そうしてあげてください。あの、大きなほうのボタンを取り付けるとき、一緒に取り付けた装置。それだけは触らせてくれませんでしたよね。危ないからって」

「まあ、本当に危ないからな」

「なぜでしょう。その黄色と黒の縞々を見てると、無性に押したくなってきます。手、手が勝手に」

こういうボタンを押したくなるのはどうやら、異世界でも同じらしい。

魔性のデザイン。

なぜ、そんなデザインが危険なものに使われるのか理解に苦しむぜ。

「このあたりなら、大丈夫だな。だいぶ開けた場所にきたし。まあ、たぶん壊れはしない。さっきまでなら、大破の危険もあったんだけどね」

使いどころを間違わなければ、とても素晴らしい装置ではある。

間違えれば、ただの自殺用になるが。

「……ごくりっ」

「クルル、やめたほうがいいよ。あのオルクが危ないって言うやつだよ」

「でっ、でも、このデザインが、装置への好奇心が……うっ、うっ、手が、手が止まらないです。ぽちっとな」

さすがクルル。ちゃんとぽちっとなと口にするとは。教えてないのに、そこの境地にたどり着くなんて。

ギシギシと、異音が鳴る。さらには吸気音と水を吸い上げる音が重なり、魔力の高まりによって機体が振動する。

「これ、風と水の魔力が高まって」

「へえ、風の精霊しか感じられないと思っていたが、水まで感じられるのか」

「オルクと愛し合ってからって……そんな場合じゃないよ、これ、嫌な予感しかしないよ」

「なんとかなるようにするさ」

まずはスクリューが変形してまるで一本の棒のようになってしまう。

今の形状のままでは、とてつもない水圧を受けて壊れてしまうからだ。

外付けの装置が大量の空気を吸い込み、酸素を生成、それを圧縮していく。さらには水も同様に吸い込んで分解して水素を確保し圧縮。

それらをある比率でかき混ぜていく。

そして……。

爆発音。

「うわあああああああああああああ」

「きゃあああああああああああああ」

二人の悲鳴と爆音が重なる。

そのボタンは外付け緊急回避ブースターの起動用。

酸素と水素を取り込んで、それを燃料としたジェットエンジン。

船が、宙を舞う。

「なっ、なんで船が飛んでいるんですかああああああああああああああ」

「初めはね、水上を効率よく進むために考えてつけようとしたんだが、冷静に考えるともう飛んだほうが速いなーって」

水上に浮かぶ船をジェットエンジンで押すなんて、あほらしい。さらには危険だ。水上には障害物がたくさんある。

だが、空なら障害物はない。さらには水よりも空気のほうが抵抗は少ない！

まあ、机上の空論だけどね。音速を超えてくると空気抵抗も破壊的になる。

オークカーは空力を多少は考えていても、車であり、車載量と乗り心地を重視しているため、飛行機のようなフォルムにはできない。この速度だと機体が壊れかねない。

機体が軋《きし》み、嫌な音を立てる。

「これ、大丈夫ですか、機体が悲鳴をあげてますよっ」

「ぎりで大丈夫だな。この音はまじで壊れる一歩手前の音だ。壊れる音じゃない。あと一分は大丈夫」

「駄目じゃないですか！」

「いや、元凶のほうが限界だ。ほら」

圧縮水素はほんの数秒で使いつくされ、ジェットエンジンが停止。というか、一発でお釈迦《しゃか》。

ふむ、やっぱり負荷に耐えられなかったか。

強度計算ではぎりぎりいけるんじゃないかな？　と思ったが、計算外の負荷がかかったようだ。

結構、高価な材料が使われているだけあって残念だ。

でも、男の子のロマン的にはありかもしれない。緊急ブースターは使い捨ててこそっ！

加速がとまり、減速、空気抵抗が低減されて、軋む音が収まっていく。

「ふう、これで一安心です」

「でも、これ落ちてるよね……」

「ちょっと待ってください、この高度、減速しているとはいえ、このスピード……海面に叩《たた》きつけられたら素材的に持ちませんよっ！」

「この一瞬で強度計算できるとは成長したな」

「なんで落ち着いているんですか！」

「ここからは人力でなんとかするからだ」

風の精霊に働きかける。前方に柔らかい風の滑り台を形成、車体がそれに乗る。運動ベクトルが下方向から進行方向に。

下方へのベクトルがほとんど消えたため、着水と同時に水切りのように前方へ跳ねる。衝撃はほとんどなく、何度か跳ねて、最後には停止。

オークカーは何事もなかったかのように、再び展開されたスクリューによって通常運航に変わる。

「緊急ブースターはちゃんと作動したか……作動しただけで壊れたが、いいデータが取れたな。改良が必要だ。あるいはもっと簡略化して、初めから使い捨てにするか」

「ふうふう、やっぱり押しちゃだめなやつだったよ！」

「なぜ、俺に怒るんだ。押したのはクルルじゃないか」

「ううう、その、ごめんなさい」

クルルが小さくなっている。

「こんなの作るほうがおかしいよ」

「だが、待ってほしい。たとえば、水上に伝説の巨大イカ、クラーケンが現れて襲ってきたとしよう。これがないと逃げきれないぞ?」

「そんなケースないよっ」

「いや、ある。いったい、ティータが海の何を知っているんだ。海には、俺でも勝てない魔物が、たくさんいるんだ」

ティータが押し黙る。

ふふふっ、エルフ村の田舎者は簡単に騙《だま》せる。

「そっ、そうなんだ」

「そうなのだ」

「あの、オルクさん、その緊急用を使ってしまって、壊したわけですね。ごめんなさい」

「まあ、なんとかなるさ。だいぶ距離も稼げたし、気にするな」

たくましく優しいオークスマイル。

「その笑顔いらってします……でも、その、なんとかなるなら良かったです。あれ、ですよね、クラーケン。大きなイカさんですね。オークカー、十台分以上の大きさはあります」

うん？　クラーケン？　なんのことだ？

そんな、でかい魔物いるわけないだろう。

さっきのはただの嘘だ。クルルも冗談言うんだな。

よそ見運転は危険なので前を向く。

そして、視界に映ったのは。

白い山。

「こんにちは」

へえ、クラーケン、本当にいたんだ。

びっくりだ。

こんなの、海で出会ったら即死。

海怖いね。

そりゃ、みんな貿易嫌がるよ。

触腕が伸びてくる。

ゆったりとした動きに見えるが、サイズがサイズなので、先端は時速二百キロ程度。それも、どんどん加速してくる。

ちなみに、最高性能と呼ばれている魚雷の速さが時速六十キロ。

水上で、時速二百キロなんて叩《たた》き出せるのがどれほどおかしいのかがよくわかる。

「仕方ない、オークカーの秘密兵器、オーク砲を使うとするか」

「そんなのあるんですかっ!?」

クルルが目を見開いている。

ふふふ、一緒に改造したクルルですら気付けないように巧妙に隠蔽《いんぺい》された、オークカー七つ道具の一つ。緊急ブースターが逝《い》っちゃって、もう六つ道具だけど。

とにかく、まずは、あのイカを焼きイカにして昼食にしてやろう。

ほかのことはそれからだ。

第八話：魚って見た目がグロいほどうまいよね

超兵器、オーク砲。

それは、クラーケンとしか言いようがないような巨大イカを貫いた。

大穴が空いた巨大な肢体《したい》が水上に浮かんで、あたり一帯の海が青く染まっている。

サイズがサイズなだけに、穴が空いただけでは死にそうにないのだが、それはオーク砲の性質が関わっている。これは細胞を壊死させ、内側から殺す滅びの砲。

「ふう、あって良かったオーク砲。七つ道具は最高だぜっ！」

もうこれはオークカーなんて名前じゃふさわしくない。そう、言わばオークGOGOGO！とでもしようか。

「あのオルクさ、何を考えてこれを馬車に積もうと思ったの？　いったい何を想定してたの？必要ないよね？」

「こういう事態にだ！」

どや顔で言うが信じてもらえていない。

まあ、その、ごめんなさい。

とくに深い理由はないのです。

「七つ道具なんですよね。これと同じのが七つあるんですか？」

「いや、道具のうち、いくつかはもう見せたじゃないか。今のオーク砲、船に変形する機能だろう？　緊急ブースターだろう？　それと海の中を見られる機能だろう？」

「最後のやつだけ急にしょぼくなりましたね！」

「しょぼいなんて言うな、観光は大事だ」

「残りの三つはなんですか？」

「それは秘密だ。いずれ使うだろう」

嘘である。

あと一つはちゃんと実装しているのだが、残り二つは考え中。

正確には五つ道具だが、七つ道具と言い張るのはそっちのほうがかっこいいからである。

「楽しみなような、不安なような」

「とりあえず、今は昼飯ができたことを喜ぼう」

「まさか、あれ食べるんですか？」

「イカ焼きはうまいぞ」

「クラーケンの血を浴びた魚が死んで大量に浮かんでいるんですが」

「血に毒はあっても、肉にはないからな。血抜きをすれば問題ない」

青い血というのはビジュアル的に著しく食欲を阻害する。

ちなみに普通のイカの血も青だ。

切り飛ばした触腕がオークカーに張り付いていたので、火の精霊に頼んで焼いてもらい口にしてみる。

ああ、うん、そうか、こんな感じか。

「やっぱり、場所を変えて釣りをしよう」

「もしかして、毒があったの？」

「大丈夫ですか⁉」

「いや、その、なんだ。ふつうの大味な上に、なんか苦くて、旨味《うまみ》はうすい。あれだな、でかいイカはだめだな」

オーク、また一つ賢くなった。

◇

昼時になり、釣りを始めた。

水中を見て釣れそうなポイントで釣り糸を垂らす。

餌《えさ》は、保存食の干し肉。意外に思うかもしれないが、魚は干し肉でも釣れる。嚙《か》みほぐして柔らかくするのがコツ。肉の匂《にお》いに釣られて魚が入れ食いだ。

海のど真ん中なので、まったくすれてない。

「大きいのが釣れました！」

「あはは、たくさん釣ろうと思ってたけど、こんなの一匹でお腹いっぱいだよ」

クルルが釣り上げた魚は凶悪な顔つきをしており、全身粘液まみれ、そして牙《きば》はそこらのナイフより鋭い。顎《あご》も強靭《きょうじん》で、クルルの指なんて簡単に切り落としそう。

特製の針と糸じゃなければ釣り上げることはできなかった。

車の中で暴れて、クルルに噛《か》みつこうとして、ティータにナイフで首を切り落とされる。

なんて大胆な針外しだろう。

首を切り落とされてもしばらく、首から上も下も動くのはすさまじい生命力。

「これ、食べられるんですか？」

「美味《おい》しいよ。なんにでもできる」

「そうなんだ」

その魚はうつぼ。

日本ではあまり食べられないのだが、一部では高級魚として扱われている。

見た目は化物にしか見えないが、刺身にすると上品な白身。

脂がたっぷりのっているうえにゼラチン質なので、火を通してもぱさつかずに、しっとりふわっとして美味しい。

せっかくだし、刺身と鍋にしよう。

「私も釣りたかったな」

「食べなくても釣るだけ釣ればいいんじゃないか？」

「それはだめだよ。必要な分しか狩りしちゃだめだし、命を奪ったらちゃんと頂かないと」

エルフの教えか。

実に合理的だ。森と共に生き、森の恵みを口にする。考えなしに狩りや採取をすれば、すぐに森の恵みは尽きてしまう。

「クラーケンはよかったのか？」

「あっ、あれは襲ってきたのを返り討ちにしただけなの！」

エルフの教えはわりと緩いらしい。

……まあ、オークカー十台分以上のクラーケンを食べろなんて言われても困るが。まずいせいで苦痛だし。

◇

手早く料理している間、運転はクルルに任せた。

親切設計のオークカーなので、水上モードでも簡単操作だ。

「できたぞ、食べようか」

「へえ、すっごい怖い見た目だったのに料理になると綺麗だね」

俺が用意したのはふぐのような薄造り。

かなり身質が硬かったので、ぶつ切りにしたら嚙《か》み切れないからだ。

そして、もう一つは鍋にした。脂がたっぷりのっており、鍋の表面に脂が浮いている。

「お刺身、美味《おい》しそうです」

「さすがに慣れたか」

「私も最初は抵抗があったなー」

ティータは湖の魚しか知らず、川の魚のほとんどは寄生虫の不安があるから、生で食べるのは禁止されていた。

クルルのほうは、海や川が遠く鮮度のいい魚が手に入らず、魚は火を通さないと危ないと思い込んでいた。

刺身に慣れるのにけっこう時間がかかったが、今では二人とも好物の一つとまで言っている。

「じゃあ、さっそくいただくね……あっ、これすごい、こりこりして、薄いのに味が濃くて、くせになりそう」

「このお刺身、今まで食べた中で一番おいしいですっ」

俺も食べてみる、味が濃いフグという感じで、とても美味しい。

抜群の鮮度があるおかげでこの歯ごたえだが、熟成させて旨味《うまみ》を増した状態のも食べてみたくなる。

なぜ、日本でこれだけうまい魚が流行《はや》らなかったのか。

高知ではふぐ以上に愛されていると聞くが……高知の連中が独り占めにして出回らないのかもしれない。

……まあ、それは冗談でおそらく見た目なんだろうな。とくに皮の色。あれを見ると美味しそうとはとても思えない。

そして鍋に手を付ける。ほう、これはいい。

「すごいですっ、鍋でもぷりぷりで、不思議です」

「それはコラーゲンが身に含まれているからだな」

「美味しいね。スープもすごくいい味が出てるよ」

スープは骨で出汁《だし》を取り、肝を溶いて入れた。それを海からとった塩で味付けをするという、うつぼと塩しか使っていない。

あんこうのどぶ汁を参考にしたが正解だった。

それでこれだけ美味しくなるなんて。

(定番のから揚げも、やりたいな。そしたら、皮もおいしく食べられるみたいだし)

帰りもウツボを狙ってみよう。

これだけうまい魚だ。一度きりというのはもったいない。

◇

そして、日が完全に暮れて夜になるころ、ようやく目的の大陸へとたどり着いた。

何度かこしょうを仕入れるためにやってきた大陸。そして、知り合いが支配している街はもうすぐ。

「暑いね、それに空気がちょっと湿っぽいよ」

「暑いのはいいですけど、このじめっとしたのがしんどいです」

「暑いことには鍛冶《かじ》で慣れてるもんね」

「……はい、でもじめじめは嫌です。尻尾《しっぽ》の毛がごわごわしている感じがして気持ち悪いです」

こしょうが育つ条件、高温多湿。

寒冷で乾いた気候に慣れた二人には厳しいだろう。

「とりあえず、脱ごうか?」

二人の視線が冷たい。

「いや、嫌らしい気持ちじゃなく、暑ければ服を脱ぐというのは普通だろう?」

「そうだけど、夜でこれだとお昼が怖いね」

「慣れるまでがんばらないと」

二人のテンションが下がってしまう。

海外旅行において環境への適応は問題の一つ。

風の精霊に頼めば、なんとかできなくもないが、まあ、慣れてもらおう。

これも旅の醍醐味《だいごみ》。

今日はオークカーで一泊して、明るくなれば街に行く。

あの街には二人が喜ぶものもたくさんある。きっと気に入るだろう。

第九話：オークですが据《す》え膳《ぜん》を食べないときもある

ユーザーフレンドリーを追求したオークカーは車内で気持ちよく眠れる。

長旅を前提にしているため、ソファーがベッドに変形してくれるのだ！

異世界によみがえった、キャンピングバンとも言えるだろう。キャンピングカーではなく、一回り小さいキャンピングバンなところがミソだ。

だからこそ、疲れが残らず街を目指せる。

「本当に海の向こうって感じだね。見慣れない生き物も多いし、植物もぜんぜん知らないのがたくさんだよ。……って、あれって、マンゴーじゃないかな？」

「よくわかったな、あれはマンゴーの木だよ。向こうじゃ希少なマンゴーもこっちじゃありふれたフルーツ。リンゴとさほど変わらない」

「へえ、そうなんですね。オルクさん、ここには何度か来たことがあるんですよね」

「ああ、スパイスを採りにな」

「ということはここにくればマンゴーが手に入るってことを知っていたんですよね？」

「まあな」

「しかも、走ってくるなんて気軽に言える感じなんですよね。……それなのに、二百万ギルもマンゴーに払ったんですか？」

言われてみれば……。

いや、マンゴーを食べたことはなかったから、失念していた。たまたま、スパイスを採りにいく時期が、毎回マンゴーの旬を外していたのだ。

そして、わざわざマンゴーの旬に、そのためだけに行くのもなーという感じで。

「おっ、往復に一日かかるからな、俺の一日は二百万ギル以上の価値が」

「素で忘れていたんだね」

「素で忘れていたんですね」

最近、嫁たちが鋭すぎて辛《つら》い。

そんなことをしているうちに目的地についた。

海から、せいぜい十キロ程度しか離れていない街だ。

「えっ、街なのに防壁とかないんだ」

「このあたりはもうずいぶんと戦争もないし、凶悪な獣や魔物もいないしな」

「でも、山賊とかはいますよね」

「山賊はいても、この街は襲わないさ。ここはあいつの縄張りだ。みんな死にたくない」

その街の支配者を知らないものはおらず、知っていればそんな真似《まね》はできない。

「あいつってだれですか？」

「ああ、魔王だ」

「つまり、オルクさんのお父様ですか。ううう、それならそうと言ってください、そしたら、いろいろと準備したのに。髪とか、最近ずっと切ってないし、失礼のないようにしないと」

クルルがてんぱり、鏡を見ながら前髪を整え始めた。

ティータもそれを見て慌て始める。

ちなみに俺は安全運転に気を遣うオークなので、それらはミラー越しに見ていた。

「いや、こっちの魔王だ」

「へっ、どういうことですか？」

「うちの父親、あっちの大陸の四分の三を支配していた魔王。それで、こっちの大陸にはこっちの魔王がいる。ほら、人間の王様だって国ごとにいるだろう？」

「魔王ってそういうものだったんですか!?」

「所詮《しょせん》、亜人と魔族と魔物の王に過ぎないしな。強かったり、頭が良かったり、人望があったりで選ばれるだけで、魔王特有の力とかないし」

「絵本じゃ、なんかすごそうだったのに！」

「すごそうにすれば英雄譚《えいゆうたん》が盛り上がるからな」

所詮、魔王なんて管理職の一つに過ぎないのだ。

うちの親父は、最強であるがゆえに、物語に出てくる連中に匹敵するが。

「ちなみに、こっちの魔王は魔王軍四天王兼務だ」

「えっと、意味がわからないよ。魔王が魔王軍四天王って」

「うちの父親の魔王軍の四天王なんだよ」

「それ、ありなんですか？」

「ありだろう」

俺も顔見知りではある。というか、こしょうや唐辛子があるとあの人から聞いたから、訪れたのだ。

「不思議だね。魔王なのに、ほかの魔王の部下をするって」

「まあ、あれだ、事情があるんだよ。うん」

「教えてください。気になります」

「そこはプライベートな部分だから、直接聞いてくれ」

事情が事情だ。

俺の親父はモテる。魔王姿は、しぶくて筋肉質なオジ様。強さも実績もすさまじく、あれで大賢者並みに頭が回る。

ありとあらゆる種族の長所を取り込んだエヴォル・オークの最高傑作は伊達《だて》じゃない。

俺も血の封印を解除すれば、ああなれるかもしれないが、残念ながらそれはできない。

「会えたら聞いてきます。街の前につきましたよ」

「このあたりで降りよう」

俺たちはオークカーを降りて、体を伸ばして凝《こ》りを取る。

「オークカーはどうするの？」

「ああ、それか。オークカー、ダイブ　イントゥ　ザ　グラウンド！」

決めポーズを取りながら叫ぶと、オークカーが地中に潜っていく。

「これで大丈夫だ」

地下なら、放置しても迷惑にならないだろう。

「やたらかっこつけてましたが、土の精霊にお願いしただけですよね」

「こういうのはノリが大事だ」

ちなみに、オークカー、カムヒヤーと叫ぶと地中から出てくる……ように見える魔術も使える。

街の中に入っていく。

「あっ、小麦粉が売ってます。オークカーの備蓄が切れてたんですよね」

小麦粉は便利なので、オークカーにも備蓄がある。

鍋の締めにすいとんっぽいものを作ったときに使い切ってしまった。

「あれは、小麦粉じゃない。米粉だな」

「米粉なんてものがあるんですか」

米自体が、あっちの大陸じゃ滅多にみないものだから、クルルが知らなくても無理はないだろう。

「ちょうどいい、あそこの屋台に米粉で作った麺が売っている。食べてみるか？」

この国だと小麦があまり育たないため、主食が米だ。

日本と同じように炊いて食べるほかに、麺にしたり、あるいは潰《つぶ》して水を加えて薄く伸ばしたもの。ベトナムのライスペーパーのようなものをよく使う。

「気になりますね。これは食べないといけませんっ！」

「スープが赤くて、すごくスパイシーな香り。こんなスープ、初めて」

俺もスパイスを使うが、あくまでスパイスは補佐であり、こういう思いっきりスパイスを前面に出した料理は作らない。

さっそく人数分購入して、二人に手渡す。

「不思議な麺ですね、白っぽくて半透明で。赤いスープは、ちょっと匂《にお》いが、なんというか、その、変な感じ」

「甘辛すっぱい。あはは、変な味」

「美味《おい》しい……とは思えないですね、麺自体はぷりぷりして面白い食感です。オルクさんがこの前作ってくれたミートソースで食べたいです」

「かなり特徴的な味だからな。慣れるまで時間がかかる」

「この酸っぱいの、お酢ですか？」

「いや、レモングラスって草だな、味の基本はレモングラスと、塩、砂糖、唐辛子、あとはいくつかのスパイス。よく味わうと、すごい複雑な味でくせになる。第一印象で嫌ってしまうのはもったいない」

初めての味というのはなかなか受け入れがたいもの。

だけど、それを受け入れた先にこそ得られるものがある。

「そう言うなら、頑張ってみます」

「こっちは初心者向けで、すぐに慣れると思うがどうだ？」

もう一つ買っていたものを取り出す。

それは、水を含ませたライスペーパーで果物入りのサラダと茹《ゆ》でたエビを包んだもの。異世界風生春巻きとも呼べるもの。クルマエビのように見える大きなエビ丸一尾を使って豪勢な仕上がり。

エビは非常に腐りやすく、冷凍技術が未熟なこの世界ではまず口にできない。

俺たちがいる商業都市は海が近いとはいえ、食べられる大きなエビはおらず、川エビはともかく、海の大きなエビは初めてだろう。

「中身が透けて見えて、とっても綺麗だね」

「美味《おい》しそうです」

こっちはレモングラス以外にはスパイスを使っていないため、癖のある香りはない。

食べてみる。

もっちりとした生春巻き風の皮とシャクシャクとした新鮮な葉野菜の食感の対比が面白く、そのあとにぷりぷりのエビが顔を出すという素晴らしい食感のハーモニー。

大きなエビが丸一尾入っていて贅沢《ぜいたく》だと思ったが、味も贅沢そのもの。見た目だけじゃなく味もクルマエビに匹敵するらしい。

みずみずしい果実の甘みとエビの味も相性が抜群、使っているドレッシングもいい。

「あっ、これはすっごく美味しいよ」

「はいっ、私も大好きです。この皮、たくさん持って帰りたいです。それと、このぷりぷりしたのも」

「ぷりぷりしたのはエビというんだが、すぐに腐るからここでしか食べられない。だが、皮のほうは保存が利くからたっぷり持って帰ろう」

「ふふふ、たくさん具を用意して、これで次々と巻いてパーティするんですっ」

生春巻きパーティ。一部の陽キャどもがやっていたと聞くあれか。

具はエビマヨや、蒸しチキン、生ハム、サーモンの刺身、ポテトサラダ、変わり種ならフルーツや生クリームなど。意外になんでも合う。

「そうだな、それもいいな」

とりあえず、美味《おい》しいものに出会って、この街を楽しもうって気分になってもらえたならOKだ。

この後はフルーツ責めにしてやろう。

マンゴーだけじゃなく、マンゴスチンやら、ランブータンやら、ここでないと食べられない果物がいろいろとある。

お菓子も、独特のものがある。代表的なのはココナッツミルクを使った汁粉みたいなもので、スウェーと呼ぶ。ココナッツもまたここの特産品だ。

「じゃあ、美味しいもの食べつくしましょう。エビっていうのがもっと食べたいです」

「いいね、それ」

二人が盛り上がる。

エビか、俺も好きだな。なんとか向こうでも手に入れられるといいのだが。いっそ養殖するか？

エビフライなんて食べさせたら腰を抜かすかもしれない。

「美味しいものを教えてくれたお礼です。オルクさん、あーん♪」

めずらしい、クルルが食べ物を分けてくれるとは。

ありがたくいただこう。

うん、うまい。

ただでさえうまいのが、クルルの愛情補正でとんでもないことになっている。

よく味わおう。

そして、俺は……。

「……っ」

「オルク、怖い顔をしてどうしたの!?」

「戦闘態勢じゃないですか?」

ほんの一瞬、殺気を感じた。

すさまじい殺気。これだけの殺気を放てるとは、とんでもない力の持ち主。それだけの力を持ちながら今の今まで完全に隠せるとは、なおかつそれを一瞬で消した手腕、化物め。

殺気を感じた方向に、探索魔術を使ったが何も反応はない。

結界に反応。右斜め後ろに気配を感知。

これは、戦闘時に俺が愛用する魔術、自身を中心に半径三メートルの円、つまりは俺の剣の間合い、そこに侵入してくるものの、速度、重さ、熱量、魔力量ありとあらゆるデータを俺の脳裏に直接叩《たた》き込むためのもの。

いくらうまく気配を消そうとも、これは熱、音、運動エネルギー、魔力ｅｔｃ．の複合センサー。たとえ大賢者であろうと察知できる。

何者だ?

殺気を感じたポイントは二百五十メートル先、そこからここまで一呼吸。その速度を維持したまま、俺の死角にもぐりこんだ。

短刀が俺の首筋を狙っている。それをぎりぎりで躱《かわ》しつつ、振り向きながらの裏拳。

それがあっさりと受け止められた。

「うふっ、オルクちゃん、腕はなまっていないようね。お姉ちゃん、うれしいわ」

「……やっぱり、あなたですか」

俺は力を抜く。

彼女だとは思っていたが、確信はなかった。

そこに居たのはきわどい衣装を着た、それはそれはわがままボディを持った黒髪の美女。それでいてくびれはしっかりある。

「オルクちゃんの大好きなリリスお姉ちゃんよ。ほら、いつもみたいにお姉ちゃんの胸に飛び込んできて」

「ノーセンキュー」

両手を広げて誘ってくる絶世の美女。

容姿のレベルだけで言えば、ティータたちにも匹敵する妖艶《ようえん》な美女ではある。ではあるのだが……。

「うそっ、嘘だよね。あのオルクが……」

「オルクさんが絶世の美女、それもお色気むんむんなお姉さんに誘われて断るなんて」

二人が、ひどく失礼な驚き方をしている。

まったく、それでは俺が性欲の権化《ごんげ》みたいではないか。

「オルクちゃんったら、恥ずかしがりやなんだから、このこの」

強引に顔が胸元に引き寄せられて、埋まる。そう、彼女の巨乳ならそれが可能だ。

ああ、やわらかい、いい匂《にお》いだ、ううう、彼女相手にそんなことを考えるなんて。

悔しい。でも、感じちゃう。

「あの、オルクの知り合いかな？」

「うん？　そっちのエルフ、オルクちゃんの匂いがするわね……それも、ずいぶんしみ込んでる。オルクちゃんのこれかしら？」

ひどく下品なハンドサインで、ティータが顔を赤くしている。

「そう、そうなのね。そっちの子もそのようね。なら、一緒に来てもらうわ。私の城へ。うふふ、オルクちゃんの選んだ子、お姉ちゃんが品定めしてあげる」

「もがもがもがが」

乳に顔が埋まって、声がでない。

クルルとティータは状況についていけないようだ。

とりあえず、大事なことだけは伝えておかないと。

なんとか、苦労して顔を胸から離す。

「二人とも、彼女が魔王だ。魔王リリス……サキュバスの上位種、ようするに世界で一番エロい種族」

「そう、私はリリス。オークと一番相性がいい種族と思うのだけど、どうかしら?」

リリスがウインクを飛ばした。

女性なのに二人ともどきりとしている。

異なる大陸に君臨する魔王。

強さだけなら、父とほぼ互角。

戦闘特化型サキュバス。

それこそがリリス。

もう少し、観光してから会いたかったがまあいい。

彼女がいれば、いろいろと捗《はかど》るだろう。

……対応を間違わなければだが。

第十話：年上のお姉さんは好きですか→相手による

城に呼ばれた。

ちなみに城は外からでは見えない。

なにせ、地下に広がっているのだから。

サイズ、豪華さは、先日までお世話になっていたフォーランド城に勝るとも劣《おと》らない。

「なんで、土の中なのに明るいんですか」

「構造の問題だな、ここは地下室じゃなくて地下に巨大な空間があって、そこに城がまるっと建っている。んで、地下空間すべてを照らす疑似太陽が輝いている」

この城に入るときに、直通路を使ったから見えなかったが、ここは地下空間。城と城下町がセットで存在する。

表にある街はこの国のごく一部でしかない。

「なんで、そんな面倒なことをしているんですか」

面倒というのは、わざわざ地下に城と城下町を作ったのかということだ。

もちろん技術的にも非常に難しく、クルルも興味が湧いているのは見てとれるが、非合理に思えるのだろう。

「さあ、それはわからないわね。遺産だもの」

それは嘘だ。俺は大賢者から、ここが作られた理由を聞かされている。

地下にあるこの街そのものが、とある存在を封じるための儀式装置であり、万が一封印が解けたときのための檻《おり》でもある。

魔王がここを使うのは、それに対抗しうる最強をつねに備えられるからなのだ。

だが、魔王リリスがそれを口にすることはない。そういう存在がいるという情報を隠匿するのもまた、彼女の役割だから。

「遺産なんて実在していたんですか!?」

遺産というのは、かつて滅びた文明があるという一部で広がっている定説だ。

オリハルコンやミスリルなどの金属は、何者かによって生み出された、周囲の元素と魔力を吸い込み自己繁殖する生きた金属であり、それ以外にもそのレベルの技術力で生み出されたものが多数存在する。

「そうね。面白い話をしてあげましょうか。実は私たちこそが遺産という説もあるの」

「それってどういうことかな？」

「人と呼ばれる種族は人間しかなくて、人間以外の種族、エルフ、火狐、オーク、私のようなサキュバス、そういう人間以外の種族すべては、人間をベースにして、より優《すぐ》れた命を目指して作られた存在。そういう話よ」

ティータとクルルはぽかんとしている。

まったく信じられていない。

……だが、俺はそれがありえると考えてしまう。

魔物や亜人と呼ばれる種族は都合が良すぎる存在だ。そして、種族を跨《また》いでも子供が作れる。機能は違うのに、ある程度の共通規格を持っているのだ。

「その根拠はあるんですか？」

「遺跡で見つかった資料にそういうのがあるのだけど、確定とは言えないわね。遺跡にあったというだけで、誰かがいたずらで仕込んだものかもしれない……どっちみち、それを証明することに意味はないわ。私たち、亜人や魔物が古代人に作られたものだとしても、私たちの生き方、在り方は変わらない」

「同意だな。とっくに滅びた連中のことなんて気にしても仕方がない」

……もしその説が合っているとするなら、俺の種族エヴォル・オークというのは最高傑作の一つなのだろうとは思う。

城の中でも、もっとも豪華な一室と本人が言っているところに案内された。

お茶が出されたのだが、その風味も香りも独特で、だが美味《おい》しく感じる。

「オルクちゃん、お姉ちゃんうれしいわ。わざわざ私に会いに来てくれたのね」

「いや、違う。向こうでそれなりに顔が利く商人になっていて、こしょうと唐辛子の仕入れ先に、この街を紹介したい。だから、リリスに話を通しておきたくてな」

　商人たちにここを紹介すれば、買いに来る量はとんでもないものになる。それによって、スパイス類が買い占められ、この街で使う分が不足する……なんてことも考えられる。

　何事も根回しが大事だ。

「好きにしていいわよ。別に唐辛子とこしょうなんて、この街以外でも作っているし、適当にみんななんとかするわ。それより、ここに来たのはそれだけ？」

「ハーレムづくりのためだ」

「うれしい、ついに私を迎えに来てくれたのね！」

　またもや、その巨乳を押し付けてくる。

　さすがサキュバス、積極的だ。

「もがっ、いや、ちがって、まだ見ぬ、美女、美少女を、もがっ、見つけに、魔王なら、部下とか、知り合いとか、たくさん、もがっ、いるだろ？　いい子を紹介してく、もがが」

「……へえ、私ではだめなのね。しかも、よりにもよって私に女を紹介しろって？　ふふふっ、お姉さん、ちょっと傷ついてしまったわね」

　セリフとは裏腹に、獲物をいたぶる猫のような眼光を感じるのだが。

「あっ、あの、リリスは魔王なんだよね。どうして、オルクのお父さんの部下なんてしてるの！」

　ティータが割り込んでくる。

たぶん、なんでもいいから声をかけたくて、気になっていたことを聞いたのだろう。

「それを聞いちゃうのね。うふふ、簡単ですのよ。私は、かつて世界征服をしようとして、あの方に負けて……惚《ほ》れたのですわ！」

「えっと、ちょっと待ってください。惚れたって、そんな理由だけで、魔王が、別の魔王の部下になったんですか？」

「それ以上の理由が必要なの？」

そう、リリスはそれだけで父の部下になり、アタックし続けた。当時の父さんはオークでありながら魔王として魔物と亜人の平和のために戦うことに夢中だったらしい。

モテにモテたのに、恋人一人つくらなかったと聞いている。

……母さんには一目惚《ひとめぼ》れしたらしいが。

まあ、このあたりは俺がリリスを受け入れられない理由でもある。

「オルクちゃん、ベッドにいきましょうか？　たっぷり可愛《かわい》がってあげる。小娘じゃできないこともね」

「……いや、リリスとそういうことはしたくない」

「オルクちゃん、まだそんなこと言って。私の魅力が、そこの二人に劣《おと》るのかしら？」

「そういうわけじゃない。ただ、リリスは俺にとってそういう相手じゃない」

怒気が膨《ふく》れあがる。

リリスの二つ名は破壊神だったな。

魔王軍、最強の攻撃力を持つアタッカー。

……そして、癇癪《かんしゃく》もち。

「うふ、うふふふふ、ここまでこけにされたのは初めてですわね。オルクちゃん、場所を変えましょうか。私と戦いましょう」

「戦うって、なんのために」

「もちろん、レイプするためですわ。私が勝てば、オルクちゃんをレイプします。逃げようなんて考えないでくださいませ。足手まといが二人もいて、私から逃げられないことぐらいわかりますわよね」

怖い。

もうちょっとサキュバスらしく、絡《から》め手を使えよ。

まあ、リリスの場合、ただのサキュバスじゃない。

俺がただのオークじゃないように。魔王なんてものを名乗るにはそれ相応の力が必要なのだ。

「いいだろう。だが、俺が勝てば」

「オルクちゃんが勝ったら？　ありえないですけど、一応聞いてあげますわ」

「可愛い女の子紹介してください！」

こめかみに青筋が浮かんで、それが切れた。

……ああ、うん、やっちゃった。

これで、魔王様完全に本気だ。

計算通りではあるが。

このクラスが本気を出してくれないと、もはや俺の訓練にならない。

それぐらいに強くなってしまった。

「殺しちゃったら、ごめんなさいね」

「まあ、そのお手柔らかに」

かなり激しい運動になりそうだ。

食事の後で良かった。

かなり綱渡りの戦いになる。万全の体調でなければ、勝機はない。

第十一話：ビッチぽい子って意外と経験なかったりする

なんというか変な流れでリリスと戦うことになった。

俺は先に、城の決闘城に案内されていて、リリスのほうは正装に着替えて後から来るそうだ。

負けたら俺は逆レイプされるらしい。それはそれで趣《おもむき》が。

「オークックックッ」

「うわぁ、オルクさんがまた気持ち悪い笑い方してます」

「あれ、自然にこぼれているように見せてわざとなんだよ。オーク笑いって無理してやってるもん」

「へえ、そうなんですか」

やめて、そこ。そういうのを見抜かないでよ。恥ずかしい。

だって、そんな妻たちの前で妖艶《ようえん》なお姉さんにあんなこと言われたら、いくらオークだって素面《しらふ》じゃいられない。

「でも、意外でしたね。オルクさんなら、あんなにきれいな人に言い寄られたらすぐ飛びつくはずなのに」

「だよね。同性から見ても、その、すごいもん」

リリスの色気はすさまじい。

サキュバス種、その中でも頂点に位置する種族だけはある。

ちなみに、ティータの場合、ある種の先祖返りでかなりハイエルフよりだったり、クルルもただの火狐族ではなかったりする。

「まあ、そのいろいろとあるんだよ」

俺は言葉を濁す。

俺だってリリスに魅力を感じている。

だけど、手を出せない理由があるのだ。

「なんか、人が増えてきましたね」

「地上の街もそうだったけど、すごいいろんな人種がいるね」

ティータの言う人種というのは、黒人だとか白人とか、そういうのじゃない。

魔物や亜人を含めたものを言っている。

「魔王が支配する街だからな」

「人間さんもいっぱいだね。なんていうか、ちょっとカルチャーショックだよ」

基本、エルフは人間が怖いものだと教わって育てられている。

奴隷として人気があり、さらって売り飛ばすなんて真似《まね》を人間が何百年も続けてきたせいだ。

ティータ自身も奴隷として売られたし、今でも俺が作った幻惑の耳飾りで人間に偽装しないと怖くて街を歩けない。

クルルの街では、神鉄の一族と人間が共生しているように見えるが、実はあれもまた違う。人間がクルルたちを崇《あが》めているという構図であり、共生とは言い難《がた》い。

フォーランド王国も共生を目指しているが、先日の事件のように、やはりまだまだ人々が感情的に受け止め切れておらず、時折問題も噴出する。

だが、ここは完全に人間と魔物、亜人たちが共存している。区別がないのだ。

言ってしまえば、いろんな奴らがいるのが当たり前という共通認識ができている。

「まあ、年季が違うからな。このあたり一帯、昔はいろんな種族に分かれて戦争やら略奪やらやってた戦国時代だった。三百年戦争って名前で史実に残ってる。で、五百年前にそれを終わらせたのがリリス。リリスが頂点で、ほかはみんな等しく奴隷で平等だよね？　ってルールを作った」

「めちゃくちゃだよ。っていうか、五百年前って、いったいリリスさんって何歳なの？　エルフだって、そこまで生きられないよ」

平均的なエルフの寿命は二百五十年ほど。この時代の人間は五十年ほどで死ぬので、約五倍だ。

そのエルフ基準で見ても、リリスはおかしい。

というか、それだけの寿命を持つ種族はリリスの他には竜種と、スライン種、そして俺や父さんのようなエヴォル・オーク。

老いというのは、テロメアの劣化。つまり細胞分裂の上限によるものなのだが、竜種などはテロメアの劣化を再生できるし、その血を取り込んだエヴォル・オークも可能。竜の血を飲めば若返るという伝説もそこから来ている。

ちなみに、俺は他人のテロメア劣化を修復することも可能。

俺のハーレムに加われればもれなく永遠の若さが手に入る！　これを売りにすれば美女美少女入れ食いなのは間違いないのだが、俺は心のつながりを求めるオークなので、そういう真似《まね》をする気はない。

「言っただろう。ただのサキュバスじゃないって」

「でも、オルクと戦うのってさすがに無謀だよね」

「オルクさんは化物ですから。神とか悪魔とか魔王とか、そういう規格外じゃないと勝負にすらなりません」

二人は俺の強さを知っている。

だからそんなことを言ったのだが。

「たぶん、リリスは俺より強いな。オルクの村を出る前に一度模擬戦《もぎせん》をしてもらったことがあるんだが……勇者の力を手に入れる前とは言ってもまったく歯が立たなかった。魔王は伊達《だて》じゃないよ」

「って、なんでサキュバスがそんなに強いの⁉」

「サキュバスって、男の人の夢に入って精を吸い取る種族ですよね。強いだなんて聞いたことがないです」

「まあ、普通じゃないからすべての種族を制圧して、五百年以上平穏を保てているんだよ。リリスの能力は……」

そこまで言いかけたときだった。

観客席にいる、魔物や亜人や人間が熱狂して、悲鳴とも怒号とも歓喜ともつかない、そんな声が溢《あふ》れた。

音で体が揺れる。

ガラス窓があれば割れてたんじゃないかと思えるほど。

その原因が目の前に現れた。

「うわぁ、エロいね」

「ううう、すごい服です。服よりも肌色の面積のほうが大きいじゃないですか」

会ったときからエロい恰好《かっこう》だったが、魔王服はよりエロい。

というか、俺からするとティータとクルルの恰好もエロいがそれとは比較にならない。

もうケツとか丸見えじゃないか。

けしからん。

「どう？　お姉さんに委《ゆだ》ねたくならないかしら？」

正直、俺のオルクさんは反応しているし、隠せない。だって見てわかる状態だし。

それでも、俺は……。

「その気にはなれないな」

「下半身がそんなふうになっていて、よくそんなことが言えるわね。お姉さん、驚いちゃう」

「体は体、心は心！」

そう、あれだ。

ゲヘヘ、口ではそう言っても体のほうは正直じゃねえか！　ってあれ。

って、だめじゃん。

「うふふ、美味《おい》しそうね」

そして、くらくらしてしまうほどの妖艶《ようえん》な笑み。

それに呼応するように観客席からコールが湧き上がる。

「『逆レイプ！　逆レイプ！　逆レイプ！』」

それでいいのか臣下ども。

お前たちの魔王が、そんなことをするところが見たいのか。

「でも、オルクちゃんって勇気があるのね。この私と戦うなんて。魔王軍四天王最強の【全能たる黒翼】と」

彼女の背中にある翼に変化が起こった。

サキュバスの蝙蝠羽《こうもりばね》が、黒い天使の翼へと。

つまりは、リリスが本気になった証《あかし》。

「俺からすれば【宵闇《よいやみ》のゲッシュペルト】こそが最強だと思うが……それに魔王軍四天王なら一人倒した」

俺が双精霊紋を全開にしても負け越している数少ない相手の一人。それが魔王軍四天王筆頭【宵闇のゲッシュペルト】。

剣技で母さんと同等の生き物なんて、彼の他には知らない。

ちなみに、俺はリリスの全力を知らない。模擬戦《もぎせん》ではオルクちゃん相手にひどいことはできないと、常に彼女は手を抜いていた。その状態ですら遊ばれてしまったが。

「うふふ。表向きの最強はそうね。私、あなたのお父様の顔を立てるために、手加減していたもの。だめでしょ？　魔王より強い家臣なんていたら。本気で戦えばゲッシュくんより強いわ。それとも一つ。鼻たれハリルを倒したぐらいで粋《いき》がらないでほしいわね」

あの天才魔術士ハリルをそう呼べるのはリリスぐらいだろう。

そして、どうやら先日の騒ぎも知っているようだ。

別大陸にいたというのに耳が早い。

「ふっ、言ってくれるな」

「そろそろおしゃべりは終わりにしない？」

「いや……戦う前にどうしても聞きたいことがある。……その、逆レイプコールしている臣下たちいるよね？　いつも、こんなこと、その、公開逆レイプしてんの？」

どうしても気になったことを聞いてしまった。

お色気むんむんお姉さんのリリスだからやっていてもおかしくない。おかしくないのだが、昔から知っている美人のお姉さんがそういうのをしているってのはちょっと……こう、エロさだけじゃなく、なんかもやっとしたものがあるのだ。

リリスがわずかに、ほんのわずかに赤くなって照れた。さすが大人の女性。ティータやクルルほどわかりやすくはない。

俺じゃなきゃ見落としていたね。

「そんなわけないわ。むしろ、初めて、そういうのが見られるから興奮しているのでしょうね……私、処女だし」

「はあ？」

思わず、素で聞き返してしまった。

いやだって、数百年前から活躍していて種族がサキュバスで処女って。

あれだ、泳げない魚ぐらいにありえない。

「サキュバスは、エッチなことを夢でするのよっ。そっちは経験豊富だけど、この体は清いままよ」

冗談っぽくない。

えっ、まじで？　まさか、そんな。

「アラサーで処女なの？　かわいそう」

ぶちっ。

何かがぶちぎれる音が聞こえた。

目の前にいるリリスの力が爆発的に高まる。

あっ、これ、やっべえやつだ。

頭より先に本能が、双精霊紋を全力解放した。そうしないと即座に殺される。

「悪いわね？　アラサーで処女で。うふふふふふっ、だからね、私、そろそろ捨てたいと思ってたのよ？　もらってもらうわよ、オルクちゃんっ！」

そうして、飛び込んでくる。

アラサー女こわいっ、ついでに重い。

ちなみに、アラサー、アラサー、飛び交っているけど。三十付近という意味じゃない。

もうすぐ千年。アラウンドサウザンド。

本人はとても気にしていて、昔俺の誕生日パーティに出たときはうつろな目でケーキのろうそくを見ながら、もうすぐ四桁《けた》と言っていた。

……って、こんなことを考えている場合じゃない。

全力で挑まないと死ぬ。

目の前の魔王はそういう相手だ。

第十二話：魔王ＶＳオークさん

リリスの動きは速い。

雷速を誇る、【蒼雷《そうらい》の勇者ミレーユ・フォーランド】と同格。

なおかつ、直線的な動きじゃない。細かなステップ、体のしなり、さらにはいくつもの動きの予兆を見せ攻撃を先読みさせない。

流水のような滑《なめ》らかさと変幻自在さを雷速で行うという反則技。

……速さを売りにする連中は得てして、速さに溺《おぼ》れて、思考は遅く、己の初動を隠さない。

速さで圧倒できるからこそ、工夫をする必要がない。

ならばこそ、先読みで速度差を埋めることができる。

だが、リリス相手にはそんな真似《まね》はできない。彼女は千年という刻《とき》のなかで、速さだけではどうにもならない化物どもと戦い、研鑽《けんさん》してきた。

いわば慢心しない努力家の化物。

だから、リリスの速度を殺すため、ありとあらゆる手を遅延する一手を用意していた。

俺が得意とする、詠唱隠蔽《いんぺい》。会話をしながら練り上げていた魔術が発動する。

鉄壁が地面から迫《せ》りあがってきた。

そう、いかに様々な予兆を見せていても突進には変わらない。

あの速度であれば止まれず、前に進む以上壁に衝突するだろう。

「風と水の精霊よっ」

風と水の精霊を集めつつ、術式を組み上げる。

複合魔術を使うために。

壁に衝突して、ハイ終わり、なんて楽観視できる相手じゃない。

厚さ五十センチの鉄壁が拳《こぶし》で砕かれた。その拳の周辺が黒く歪《ゆが》んでいる。

闇魔術。基本属性である地、火、風、水に含まれない希少属性である光と闇。リリスは闇の使い手だ。

壁に仕掛けていた魔術が発動。一点が突破された場合、そこを中心に覆い被《かぶ》さって敵を圧殺する。

鉄壁が敵を包んで球体になるべく全方位から襲いかかっていく。

「しゃらくさいわね」

リリスが黒に包まれて、そのあとに鉄の塊に呑み込まれ、次の瞬間には鉄がすべて消え去り、ところどころがほつれた黒い膜を纏《まと》ったリリスが現れる。

あれは黒い魔力を纏っているわけじゃない。

闇魔術の異質さ、それは生み出す魔術ではなく、消失させる魔術であること。

例えば、基本四属性の場合、炎を生み出す、風を生み出す、水を生み出す、土を生み出すといったように無から有を生み出すプラスの魔術。

だが、闇だけは違う。奪い、消滅させてしまうマイナスの魔術なのだ。

黒く見えるのは、黒い何かを生み出しているわけじゃない。光が食われてしまっているのが原因。

ゆえに、その攻撃力は最強。オリハルコンですら闇魔術の前には無力。同時に闇を纏えば最強の盾にもなる。

『だが、無敵ではない』

四元素の魔術が無から有を生み出す際に魔力を消費するように、闇属性もまた何かを消滅させるために魔力を消費する。

鉄に覆い隠される前には全身を覆っていた黒い膜にほつれがあるのは、鉄を喰らい、闇を消耗したからだ。

ならば、俺が行うべきはその隙間《すきま》を狙う。それも、リリスが反応できない速度で。

それこそが、さきほどから詠唱している風と水の複合魔術。

鉄壁はその詠唱時間を稼ぐための前座に過ぎない。

「【蒼雷《そうらい》】」

それは母の二つ名と同じ名を冠する魔術。

水と風で生み出した雷雲によって生じた静電気を魔力で増幅、さらには意志を持たせた生きた雷撃と化す。

雷であるがゆえに雷速。

俺が持つ魔術で最速。母さんやリリスの速度は雷速と呼ばれているが、それはあくまで比喩《ひゆ》表現にすぎない。

実際の初速はおおよそマッハ二程度。つまりは秒速七百メートル弱。

異常なまでに速いが、雷速は三十万キロ。

どんな達人も防ぐどころか反応すらできない。そして、当たれば一瞬で自由を奪う。

ゆえにこの【蒼雷《そうらい》】は対人戦最強魔術だと俺のなかで位置づけられている。

蒼い雷が、リリスを襲う。

しかし、まるで吸い寄せられるかのように黒い爪で弾《はじ》かれ……次の瞬間には目の前にリリスがいて、黒い爪を振るってきた。

ぎりぎりで神剣で受け止め、即座に保険としかけていた圧縮空気の塊を目の前で破裂させ、強制的に距離を取る。

「あら、今ので決められないなんて、オルクちゃんったら成長したじゃない。その剣も素敵よ」

余裕ぶって、いや、実際に余裕たっぷりにリリスが笑う。

反面、俺のほうは背中が脂汗と冷や汗でびっしょりだ。

今も緊張がとけない。距離をとったとはいえ、せいぜい十メートル。一歩目から秒速七百メートル弱なんてふざけた速度、最高速はその倍を超える生き物相手に十メートルなんてなきに等しい。

「なぜ、俺の【蒼雷】を防げた」

「うふふっ、オルクちゃんってばマザコンね。魔術に母親の名前をつけるなんて」

「まっ、マザコンじゃないよ！」

ただ単に、意志を持って獲物を狙う生きた雷の魔術を作ろうって決めたとき、母さんみたいだってなんとなく思っただけなんだからな！

「たしかにいい魔術よ。見てから躱《かわ》すのはできないわ。発射するとき、狙いを悟らせないよう、意識を着弾点に向けないのもグッド。フェイントもうまかったわね。魔術に体の動作は関係ない。でも、指なんて向けられたら、そこを狙われると思うもの」

これは大賢者から叩《たた》き込まれたペテン。

魔術というのは脳裏で術式を構築し、構築した術式に魔力を流して発動するもの。

わざわざ手のひらから出す必要もないし、狙った場所を杖《つえ》で示したり、指さす必要なんてない。

強《し》いていえば、そっちのほうがイメージをしやすいから多くの魔術士はそうする。

だからこそ、指さしてみせたところを相手は警戒してくれるのだ。

であるなら、それを裏切るように魔術を使うのがいい。些細《ささい》なことだが、実戦では役に立つ。

「なら、なぜ防げた。どこを狙うかわからなかったはずだ」

見てから反応できないなら、先読みが必要となる。

「オルクちゃんが組み立てていた術式を読み取ったのよ。私相手に魔術は効かないわ。だって、全部見えているもの」

構築中の術式そのものを見るだと。

俺も放たれた魔術や魔力の巡りである程度の推測はできる。

だが、頭の中にしかない構築中の術式なんてものを見るなんてできない。

それはもう技術うんぬんじゃなくて、ギフト。

「世界は広い、そんな種族もいるんだな」

俺は笑い。

剣を構えて走り、振りかぶる。

リリスの黒い爪と神託の剣がぶつかりあった。

「あら、私に近距離戦を挑む子なんて、あなたの母親以来ね」

それはそうだろうな。

黒い爪は触れるものすべてを消滅させる。オリハルコンですら。

受けることは許されない。受けられることもまた許されない。

そして、相手の身体能力、速さは圧倒的。

近距離は死地だ。

なれど……。

「俺の女がいい剣を作ってくれた」

黒い爪とオリハルコンが再びぶつかりあう。

「ええ、いい剣ね。ほれぼれするわ。オリハルコンでできているとはいえ、それだけの魔力を込められるなんてっ」

そう、闇魔術は魔力を消費して物体を消滅させる。

ならば、対策は消滅させられる力と同等の魔力を纏《まと》わせることに他ならない。

ただの剣であれば、リリスの闇魔術に匹敵する魔力を込めれば壊れてしまう。

俺を愛し、俺のためにクルルが作った剣だからこそ打ち合うことができる。

そして、重さを消せるオリハルコンの性質を百パーセント引き出すほどの出来だからこそリリスの振るう爪の速さに追いつける。

リリスの黒い爪は重さがない、だからこそ速く、それに並ぶにはこちらも重さのない剣が必要だ。

この剣なしなら、俺はとっくに終わっていた。

『クルル、愛してる』

この剣を振るうたびにクルルへの愛が深まる。

その想いが俺にさらなる力を与えてくれる！

もう、何度も何度も爪と剣がぶつかり合う。

とっくに全力だ。

なのに決めきれない。

俺はいつも、複数の選択肢を持てるように近接戦闘をしながらも、ほかの魔術を組むために魔力と脳の処理容量を温存している。

だが今は、全リソースを近接戦闘に込め切っていた。そうでないと拮抗《きっこう》すらできないから。

悔しいが楽しくなってきた。

この己のすべてをかけて、命を削る剣のワルツ。

俺が本気を出していい相手なんて、滅多に出会えない。

「楽しいわね、オルクちゃん」

「ああ、狂おしいほどにな！」

そして、それはリリスも同じだ。

もしかしたら、セックスよりも気持ちいいかもしれない。

剣戟《けんげき》は続く。

「でもね、オルクちゃんの強さの底は見れたわね。終わりにしましょう」

リリスの莫大《ばくだい》な魔力がさらにもう一段階膨《ふく》れ上がった。

黒い爪がよりまがまがしく、纏《まと》うオーラは静かでありながら底知れなく。

これが、別大陸の魔王リリスの正真正銘の本気。

振るわれる一撃は先ほどまでより、さらに速く回避はできず剣で受けるしかない。

なれど、今の俺が込められる魔力量ではコンマ五秒で込めた魔力を吐きつくして両断される。

終わりだ。

それは一秒もせずに訪れる未来。

……今のままでは。

「【第一段階解放《ファーストリミット・リリース》】」

俺もまた本気を出そう。

エヴォル・オークの血を封じる三層封印。

その第一段階を解放することで、三割の力を解放する。

俺は八秒だけであれば、この状態で完全に理性を保ち、今の姿のまま十全に技量を振るえる。

さらにはその八秒を一瞬に込める。【疑似第二段階解放《セカンドリミットリリース・イミテート》】を併用。

八秒をコンマ数秒にまで圧縮することで、第二段階相応の力を振るう切り札中の切り札。

そこから放たれる一撃は、リリスの爪を切り飛ばし、彼女の首に触れ皮一枚を切り裂いて静止した。

「俺の勝ちだ」

「……オルクちゃん、私が本気をだしても動揺せず、すぐに対応したわね。私が本気じゃないの知っていたのかしら？　オルクちゃんの前で全力なんて見せたことがないのに」

そう、彼女はいつも俺の前では手を抜いていた。

全力を出す前の、この戦いで彼女が全力に見せかけていた力すら見せてもらったことがない。

本気があれだと勘違いしてもおかしくなかっただろう。

「母さんが言っていたんだ。……父さんをかけた決闘で、実力じゃ完全に負けていたって。父さんが負けるなって叫んで、母さんはそれを力にして、リリスは動揺して、そのおかげで勝てた」

「苦い思い出ね。でも、それがなんだというの？」

「さっきまで、あの程度じゃ。【第一段階封印解除《おくのて》】を使う前の俺といい勝負する程度の力じゃ、母さんにそこまで言わせられるわけがない」

母さんの強さは身に染みて知っている。

……双精霊紋、身体能力、魔力、それらで圧倒しているのに勝てない。

封印を解除していない俺と同程度なんかで、母さんより強いなんてありえない。

だからこそ、絶対に力を隠していると疑い、奥の手は隠していたのだ。

「まったく、私はある意味、あの女に負けたのね……私があの女なら、きっと見栄を張って余裕だって言っていたもの……ひくっ、ひくっ、うわああああああああああああああああああああああんんんんんんんんんん」

なぜか、リリスが号泣しだした。

えっ、なにこれ、どうして。

「あっ、あの、リリスさん？」

「負けちゃったああああああああ、オルグリング様に振られて、オルクちゃんにも振られて、襲おうとして、それでも負けちゃって、うわあああああああああああああああああんんんん、こんなんじゃ一生男できないぃぃい、うううううう、四桁《けた》になっても処女なんだ、うわあああああああああああああんんん」

これはひどい。

別大陸の魔王の威厳もなにもない。

あと観客席がやばい。

なんというか、とてつもなく敵意……いや、それどころか殺意が突き刺さる。

「俺らのリリス様が泣かされたぞっ」

「あのくそ野郎、リリス様を振りやがった」

「そんな男やめて、俺と付き合ってくださいリリス様」

「いや、そこは俺と」

「「絶対に譲らない」」

乱闘が始まっている。

さすが魔王城にいる方々、子供みたいな理由の喧嘩なのに、とんでもない力で破壊を振りまいている。

ちょくちょく勇者パーティクラスや魔王軍四天王クラスの人がいるように見えるのは目の錯覚かな。

「オルクちゃんのばかぁ、ロリコン、処女オタ。うううううううぅ」

てか、なんでこの人幼児退行しているのかな？

というか、観客席のほう、なんか急におとなしくなったな。

「俺らで殺しあうより先にやることあるんじゃないか？」

「だよな、まず、リリス様を泣かしたあいつを殺すべきだよな」

「リリス様のお心も癒《い》えるし、邪魔者《じゃまもの》も消えて最高ですね」

「さすがは知将アスモデウス様。これは盲点でしたな」

「では……」

「「殺せっ！　殺せっ！　殺せっ！」」

これ、シャレになってないやつだ。

「あの、リリス。場所を、場所を変えよう。おまえの部屋に行こうっ」

「オルクちゃん、誘っているの？」

「ああっ、うん、そんな感じ」

あとでお茶に誘ったとか言って、しらばっくれよう。うん、そうしないとやばいし。

【第一段階解放《ファーストリミット・リリース》】の反動で、戦闘力半減している状態で、あんな連中と戦えない。

リリスの私室とかなら、あいつらも入ってこないはずだ。

「うんっ、行くわっ」

そして、涙をぬぐいながら、リリスに手を引かれる。急ごうなんて言う必要はなかった。

なにせ、俺の手を引く速さは戦闘のときと同じかそれ以上。

ティータとクルルが必死の形相で追いかけてくる。おおう、何気にティータが風の精霊の力を借りて加速してるな。こういう器用な真似《まね》ができるほど成長していたなんて。

……さて、殺されることはなくなったがこれからどうしよう？

とりあえず、ポーチの中にある薬草とハーブで、気持ちが落ち着くお茶を淹《い》れよう。

うん、そうしよう。

第十三話：オークさんの誠意と愛する女に求めるもの

子供のようになったリリスに引っ張られている。

……にしてもよく勝てたなと思う。

さすがは別大陸の魔王。初めて、彼女の本気を見たが想定より上だった。

あの戦いで勝てたのはリリスの油断があってこそ。もう一度戦えば確実に負けるだろう。

なにせ、俺の切り札、【疑似第二段階解放《セカンドリミットリリース・イミテート》】を使い、ぎりぎり一瞬上回れただけだ。

あの一瞬で勝負がついたからよかったものの、本気の彼女はこちらの切り札とほぼ同格の力を平常運転で出せる。

俺がああいう切り札を使えると知っていれば、一瞬で勝負がつくような状況を作らずに、なぶり殺しにすれば勝てる。リリスはそれに気づかないほど間抜けでもない。

『いろいろと勉強になったけど、これからは何かを賭《か》けた戦いはできないな』

勝率はほぼゼロなのだから。

もっとも、リスクを背負えば勝てなくはない。

【疑似第二段階解放】ではなく、本当の【第二段階解放《セカンドリミット・リリース》】であれば勝てる可能性がある。

勝てると言い切れないのは、エルフの村でそうだったように、そこまで力を解放すると俺は人の形を保てず理性も失う。

つまり、俺の強みである技術を使えなくなってしまうのだ。

このクラスの敵相手にただ強いだけで勝てるはずもない。

『やはり、本当の【第二段階解放】を実行可能。それも、人の形と理性を保ったまま……それを身につけないとな』

真に最強を目指すなら必要だ。

ただ、力を手に入れることに意味を見出《みいだ》しているわけじゃない。

最強とは、この世で一番強いということは、この世の誰にも大事なものを力ずくで奪われないということ。

大事な女を守るため、ハーレム王になるためには最強であることは半ば義務なのだ。

「オルクちゃん、ついたわよ。ここが私の部屋」

そして、リリスの部屋に連れ込まれる。

リリスはティータとクルルを見て、ものすごく嫌そうな顔をしながらも中へ入れてくれた。

実のところ、リリスはかなりお人よしで面倒見が良い。

◇

リリスの部屋はそれなりに広く、今はドレスルームに引きこもり着替えている。

その間に俺はお茶を淹《い》れていた。

薬の知識をフルに生かした精神鎮静作用がある茶だ。もちろん、味のほうも抜群。

「びっくりするほど強かったね」

「はいっ、サキュバスであんなに強いってびっくりです」

「そういえば、あの人の能力を教えてもらう途中だったね。教えてよ」

ティータが身を乗り出してくる。

かなりリリスに興味を持ったようだ。

「リリスはただのサキュバスじゃない。最上位種、本人はナイトメアと言っているが、リリス以外にナイトメアと言われる種族がいないから、実のところよくわかってない。ただ、能力は知っている」

「もったいぶらないでよ」

「そうだな。その能力は【略奪】」

「けっこうぶっそうな能力名ですね」

リリスの固有能力、【略奪】はエヴォル・オークの血にも刻まれていない極めて特殊な能力。

「サキュバスは夢の中にもぐりこんで生気をすする。これを【吸精】と呼ぶんだが、リリスのはそれの発展形だな。生気だけじゃなく、存在、魔力、魂、命、根こそぎ奪って自分のものにする。ある意味では、俺たちエヴォル・オークにも似ている」

他人から奪うという点は同じだが、奪えるものがまったく違う。

「それって、無限に強くなれるってことですよね」

「ああ、奪えば奪うほど強くなる。エヴォル・オークのように、相手の長所、能力までは奪えないが、生命の力そのものを奪って、どんどん強大になっていくんだ」

千年近く生きるリリスがどれだけの力を蓄《たくわ》えているか想像もつかない。

「ティータは俺が三層封印の二段階目を解放したのを見たことがあるな」

「うん、すごかったよ。神話の化物かと思ったもん」

「戦った感じ、リリスはあれに近い力を、ノーリスクで常時解放できるんだ」

ティータとクルルが生唾《なまつば》を飲む。

「ばっ、化物もいいところだよっ」

「それに勝ったオルクさんのお父さんってどれだけやばいんですかっ」

うちの父親の本気はさらに謎ではある。

一応、五歳のときの俺はその父親より強かったらしいが、それは俺が暴走して全能力解放していたから。それに、父さんたちは俺を殺さないようにするというしばりもあったはず。

たぶん、父さんの力はリリスよりさらに上。しかも、リリスと違い、父さんには無数の種族の能力、研鑽《けんさん》された技量がある。

リリスの技量は一流だったが、超一流には届いていない。

その理由は想像がつく。……必要ないのだ。

あれだけの力を持っていてれば、技量などなくても勝ててしまう。

先の戦いで、化物に対処するために一流の技量があることを確認したが、力の差を覆《くつがえ》すような超一流の技術を懇願《こんがん》したことはなく、血を吐くような、鬼気迫る、そういう種類の努力まではしてないと確信した。

人というのは不思議なもので、必要でなければ技術を身に付けることができない。

「でも、怖いよね。これからもどんどん力を吸って、どんどん強くなっていくんだよね？　いつか、誰も勝てなくなるよ」

「いや、それはない。たぶん、ここがリリスの限界点だ」

なんとなくで言ったが確信はあった。

「それってどういうことですか？」

「いくら力を奪えるたって、その力を押し込める器には限界がある。リリスの器はもう満杯だ」

上限がないものなど存在しない。

エヴォル・オークの血がはじけ飛ぶ寸前になったように、リリスの器も許容量ぎりぎりに見えた。

「へえ、そうなんだね」

「それなら、オルクさんが修行もっとがんばれば、逆レイプなんてされなくなりますっ」

「……まあ、そうだな」

「あっ、今、この人残念そうな顔しましたよ！」

「やっぱり、逆レイプしてほしかったんだね」

そういうのに興味がないとは言えない。

だって男の子だもん。

いや、心では、心では拒絶しているんだけど、愚息のほうが……そう俺が悪いんじゃない。

愚息が悪いんだ。あとでしつけよう。

リリスの気配を感じてそちらを向くとドレスルームの扉が開いた。

「お待たせ、あの恰好《かっこう》、気合が入るけど、お腹が冷えちゃうのよね」

おばさんくさいセリフだ。

そう思っても口にしなかった自分をほめてやりたい。

「その羽はもとに戻さなくていいのか」

戦闘モードに入ると言って、蝙蝠羽《こうもりばね》から天使の翼に変えてそのままだ。

あれが戦闘モードへの切り替えなら、その姿を維持するだけで消耗するはず。

「いいの、いいの、こっちが素だし。変身し続けるのってけっこう疲れるのよね」

「はっ？　いや、そっちが素だとして、なんでわざわざいつも蝙蝠羽にしてるのさ」

まったくもって意味がわからない。

「そっちのほうがサキュバスっぽいじゃない。この翼、天使とか言われてすっごくやなの。ほら、私、魔物の王様よ？　それがあんな神の犬と間違われるなんてね。翼だけで、天使天使って、馬鹿なのかしら？　じゃあ、ハーピィ連中、全員天使かって言いたくなるわ」

「……そのためだけにわざわざ疲れる変身をしていたのか」

「そうよ。でも戦闘中はそっちにリソース回す余裕がないから切るの」

ここで明かされる驚愕《きようがく》の事実。

やばい、心が、心が揺れる。

あの日、初めて女がほしいと思った日、俺が惚《ほ》れた種族の中に黒翼族がいた。

おかげで俺は黒い翼フェチでもある。

なんていうか、戦闘中はあまり気にならなかったが、天然ものだとわかると、途端にこうムラムラと。

「オルク、正気に戻って」

「ベッドの上と同じ顔してましたよ」

嫁たちの突っ込みが痛い。

「へえ、こういうのオルク好きなのね。言ってくれたら、触らせてあげたのに。ベッドの上でもね。ほれほれ」

翼が、翼が顔にかかって、ふんわりとした羽が顔をくすぐる。

これは、これは、たまらぬ。

「はあはあはあ、負けない、俺はこんな誘惑になど屈しない」

「頑固ね。ねえ、どうしてそこまで拒むの。年上は嫌いかしら?」

さきほどまでとは違い、どこか悲しげに問いかけてくる。

だから、俺も紳士にこたえようと思う。

「綺麗なお姉さんは大好きですっ!」

俺のストライクゾーンは広い。妹属性でも、姉属性でも、ねおしょたでも、幼馴染《おさななじみ》属性でも、ケモミミっ子でも、エルフっ子でも、どんとこいっ。でも、BLと母子ものだけは勘弁な!

あとスカトロはきついかも。

「そう、なら処女じゃないのが気になるの? 体は綺麗でも、夢のなかでは、いろいろと、すごいことしているもの。……処女厨のオルクちゃんは、そういうのも許せない? そっちの子たちみたいに、オルクちゃんしか男を知らない子たちがいいの?」

また、その話か!

違うと言っているのに。

……そして、とび火して顔を赤くしているティータとクルルが可愛《かわい》い。

「俺は処女かどうかで女性の価値が変わるなんて思ってない。あまり侮《あなど》るな。俺は子持ちでも口説く男だ」

「そういえば、うちのお母さんにも迫ってたよ」

「えっ、それは普通に引きます」

違うからねっ！　その時点じゃまだティータと結ばれてなかったからね！

「ならっ、ならどうしてよ。魅力を感じてくれているのよね。ちょっと年上なことも気にしていないのよね。夢でエッチなことを他の男としていたのも気にしてないのよね……なら、どうしてオルクちゃんは私を拒むの？」

目が涙で潤んでいる。

俺は大きく息を吸い、それから口を開く。

「俺はたとえ、相手が俺のことが好きじゃなくても、口説く。俺がほしいと思った女が俺のことを好きになってくれるように努力する」

クルルがこくこくと頷《うなず》いている。

……かなりクルルには強く迫ったからな。

「そんな俺でも手を出さない、そう決めている女たちがいる……それはな、ほかの男が好きな女だ。そういう女に手を出せば、俺も女も不幸になる。俺は幸せになりたいし、俺の女には幸せになってほしい。だから、このルールは曲げない」

そう、俺は今まで他に好きな男がいる女は口説かなかった。

たとえ、ティータやクルルぐらいに魅力的な女性を見つけても、思い人がいれば手を出さない。

……まあ、逆に言えば子持ちだろうと、魅力的でなおかつ好きな男がいなければ手を出すが。

「そんな、私、オルクちゃんのこと、大好きよ」

「違うな。リリスが好きなのは父さんだ。俺は女を本気で愛してきた。だから、わかる。恋しているかどうか、それが自分に向いているかどうかを……俺は父さんじゃない。代用品を探すのはやめろ。それは俺もお前も傷つける」

それが、俺がもとめてやまなかった年上のお色気お姉さんを拒み続けた理由。

下半身が全力で反応しても、心で拒み続けてきたわけだ。

リリスは何も答えない。

彼女自身わかっているのだ。

俺の言葉が彼女にとって真実であると。

いまだにリリスは父さんのことを吹っ切れてない。

「……でていって」

小さな、本当に小さな声でリリスがそう言い。

「でていけええええええええええっ！」

次に絶叫し、クッションを投げつけてきた。

メジャー級の剛速球、それでも俺なら躱《かわ》せたが、あえて顔で受ける。

それが少しでもリリスの慰めになるように。

首が折れるかと思う衝撃。俺じゃなきゃ死んでたぜ。

クッションをベッドの上に置くと、俺は苦笑し、それからティータとクルルの手を引いてリリスの部屋を後にした。

なんとなく、今のでわかった。

リリスは千年を生きて、それでもなお乙女な部分は俺と大して変わらない。

父さんと出会うまでは恋を知らず、初めての恋がうまくいかなくて、引きずってしまって、そこで足踏みしている。

なんとかしてあげたいと思う。

彼女は俺の女にはならない。それでも魅力的な人で、俺にとって、憧れで優しい綺麗なお姉さんだから。

第十四話　あのうるさい羽虫がまた出てきた

　リリスを怒らせてしまった。

　……正直、俺の息子はもったいないことをしたと文句を言っている。その気持ちはわからなくない。

　だが、その矜持《きょうじ》を捨てれば俺はただのクズに成り下がる。

　俺のハーレム道は王道を往く。

　胸を張れるハーレムを作りたい。

「オルクって、相変わらず変なところでまじめだよね」

「あれだけ私にはしつこかったのに、リリスさんに食いつかなかったのはそういうわけだったんですね。なんか、キャラじゃないです」

「キャラってなんだよ」

「だって、そうじゃないですか。オルクさんなら、でも、そんなの関係ないって、突っ込むタイプじゃないですか」

　いったい、クルルの中で俺はどんなオークなのだろう。

　いや、オークのワールドスタンダードは、相手の都合なんてお構いなしに強姦する側なんだけれども。

「俺が女を口説くのは、そいつを幸せにできる自信があるときだけなんだ。俺が作るのはみんなが幸せなハーレムなんだよ」

どや顔で僕はそう言った。

二人とも複雑な顔をしている。

「一応、うん、そうだね。オルクって、優しいし、大事にされているって気はする」

「はいっ、たまに暴走しますが、好きな人がたくさんいるってこと以外はすごくいい人です。でも……」

そこでクルルは一度言葉を切った。

「もし、もし、ですよ。私たちがオルクさんは好きだけど、ほかの男の人も好きになったって言ったらどうします？　そのときは、私たちを捨てますか」

俺は即答できなかった。

ティータやクルル、ルリネがほかの男を好きになる。

そしたら、俺は、俺は……。

「って、オルク、どうして嘔吐《おうと》しているの!?」

「大丈夫ですか!?」

クルルが背中をさすってくれる。

「すまない、想像してみると意外とショックだった。あれだな、好きな女が自分以外を想うってのは……くるものがある」

それを聞いた二人は顔を合わせて苦笑いをした。

「私たちの気持ち、少しは理解した？」

「オルクさんがやっているのそういうことですっ」

うっ、耳が痛い。

「その、なんだ、俺だけを愛してもらえるようにがんばるさ。だから、その、ほかの男なんて見るな」

「もう、都合がいいんだから」

「そうですよ。もう。でも……オルクさん以上の人なんてたぶんいないから安心してください」

「ティータ、クルル」

二人にオルクダイブ。もとは、ル○ンダイブだ。

それを軽やかに躱《かわ》されてしまう。

「ときと場所を考えてよっ！」

「お外はさすがにだめです」

別に俺はかまわないのだが。

いや、愛《いと》しいティータとクルルの痴態を他の男に見られていいというわけではなく。

風の精霊に頼めば、光を屈折させて不可視化、音の振動が外に漏《も》れないようにして防音、そういうプライベート空間をいつでも作れる。

工夫次第ではマジックミラーのように内側から外は見えるけど、外からは見えないなんて真《ま》似《ね》もできる。

いつかそれでどっきりをしたいと思っている。

露出《ろしゅつ》プレイだと勘違いして、羞恥《しゅうち》に震えながら、でも快楽にあらがえない二人はとても可愛《かわい》いだろう。

「オークックックッ」

「あの、ティータさん、どうして私たちはこの人を好きになっちゃったんでしょうか？」

「オルク、鏡見て、今の顔、百年の恋も冷めそうな、そんな顔だから」

しまった、うっかり妄想にふけってオークティックスマイルが漏れてしまった！

◇

折を見て、リリスに謝ると決めて、しばらくは城に滞在すると決めた。

驚いたことに、ティータやクルルは城にいる連中たちと簡単に打ち解けた。

美少女というのは得だ。第一印象の七割は見た目（オーク社調べ）。

で、城の食堂でこの街特有のケーキを食べさせてもらっている。

なんと、小麦の代わりに米粉、牛乳の代わりにココナッツミルクを混ぜて焼いたケーキだが、これがなかなかに美味《おい》しい。もちもちしているし、生臭《なまぐさ》さがなくさっぱりとしているのに濃厚な甘さで、とてもいい。

ちなみに、もてなしを受けている美少女二人とは違い、俺はリリスを泣かせたクズとして殺意と敵意を浴びている。

もうすでに【第一段階解放】の反動は抜けた。殴《なぐ》りかかってくるなら、某《ぼう》銀行マンのごとく倍返しにしてやるつもりだ。

ふふふっ、一度あのセリフ『百倍返しだ！』を使ってみたかったのだ。

まあ、それは冗談でティータとクルルをエロい目で見てくるのが気に食わないだけだが。

エロい目で見てしまうのもしょうがない、二人ともとても可愛い。

「オルクさん、ココナッツの実、丸ごともってきてくれるって、この美味しいミルクみたいなのが果汁だって信じられますか！」

乳製品大好きなクルルが尻尾《しっぽ》を振りながら、振り向いてくる。

食べ物に釣られるなんて、悪い大人にさらわれないか心配だ。

「いいな、こっちの大陸、美味しい果物がたくさんで。砂糖だってとれるし、お魚も食べられて、エビも美味しくて、こっちに住みたいよ」

「ですねっ、拠点こっちに移すのはどうですか！」

ここに来たばかりのころ、暑い、しんどいと言っていた二人とはとても思えない。

引っ越しか。まあ、俺はいいんだが、たぶん二人は一月もしないうちに後悔するだろうな。

「まあ、いいことばかりじゃないんだけどな。例えばこっちじゃ、小麦の生育が悪い。普段食べなれてるパンだとか、パスタだとか、たまに俺が作ってるラーメンとかうどんとかは全滅だな。米粉で作れなくはないが、別物だ」

「小麦が食べられないって、主食系もお菓子も全滅じゃないですか」

「まあ、代わりに果物や米粉を作った菓子や料理があるがな」

「これはこれで美味《おい》しいですけど、毎日食べるなら、ふつーの小麦がいいです」

これればかりは慣れ親しんだものがいい。

米や米粉で作ったものも素晴らしいが、小麦を断つのはとても辛《つら》い。

……俺も、海を走って渡れるようになるまでは米が食べたくて食べたくて仕方なかった。

まあ、大陸を渡らなくても東のほうで採れるとあとで知ったのだが。

とはいっても、こっちの米と違ってタイ米みたいな感じで、パサパサして粘り気ももっちり感も足りなくて、米はここのが一番だと思ってはいる。

「ほかにこっちじゃ食べられないのってあるかな？」

「羊や牛はこっちじゃ口にしない。というか、畜産してない。リンゴとか、洋ナシだとかプラムだとかは、逆に寒くないと育たないからこっちじゃ無理だ」

クルルがせっかくもってきてもらったココナッツの実から目を逸《そ》らした。

「やっぱり、私、あの街が好きですっ。工房もがんばって作ったし！」

どうやら、さきほどまでこっちに移住しようと言っていたことは忘れたようだ。

俺もどちらかというと向こうがいい。

暑いのは別にいいのだが、こっちは湿度が高い。俺はべとつきが気になるオークだ。

もしかしたら、リリスがあんなエロい格好をしているのは蒸し暑いからかもしれない。

「そっか。そのココナッツミルク、俺も飲ませてもらっていいか」

「いいですよ。こんな大きいの一人じゃ無理ですし。みんなで飲みましょう」

丸ごと持ってきてもらったのを真っ二つにして、ストローで吸う。

こういうのはとても心が躍る。

前世で俺が一度はやりたいと思っていた。

冒険小説でヤシの実ジュースを飲むのがとても美味しそうに見えたのだ。

ココナッツはヤシの仲間。あの夢が今叶《かな》う。

「美味しいですね、これ」

「ちょっと癖があるけどいいよね」

もう二人は飲み始めた。

俺も自分のストローを手に取る。できれば、カップル御用達《ごようたし》の枝分かれストローがいいが、そんなものは当然ない。

今度作っておいて、常に持ち運ぶようにしよう。朝チュン専用コーヒーをそうしているように。

いざ、口をつけようとすると、ストローの先に何かついていた。

虫かと思ったが違った。透明の羽だが、人の形をしている。

「ぷはー、わるくねーですね。自然な甘みってやつですか。花の蜜より濃いですし、果物みたいな酸味もなくて、口当たりがいいです」

縮尺はおかしいけど、立派な美少女。

縮尺はおかしいけど、エロい体をしてやがる。

縮尺はおかしいけど、下からパンツをのぞき込みたくなる。

俺はこいつを知っている。

「なんの用だ。妖精」

そう、俺に精霊紋を授けた、精霊王のパシリの妖精さんだ。

「パシリじゃねーですっ！　使徒と呼びやがれですっ」

「同じだろう」

「使徒のほうがかっこいいのですよ。ほら、なんか、偉そうじゃないですか」

豊かな胸（縮尺はおかしい）を張って、どや顔をする。なんだろうな、クルルのどや顔は可愛《かわい》いのだけど、こいつのはとてもいらっとする。

笑えなくするにはどうすればいいだろう？　血液全部抜いて代わりに防腐剤でも注入して、いくつかの魔法をかければいい感じに触り心地がよくて、腐らないフィギュアになるのではないだろうか？　見た目だけはいいし、フィギュアにするのも悪くはない。

「なっ、なんてこと、考えやがるですかっ！　カモン、ポリスメン!!　ここに危険人物がいやがるですっ！」

「さっきから何気に俺の思念を読んでるよな」

「妖精さんの基本スキルです。妖精さんに隠し事は無駄なのですよ。ぴしっ！」

わざわざ効果音を口で言いながら、指を差してくる。

だが妖精さんは知らない。俺は表層と深層で思考を使い分けている。

妖精さんは表層しか読めてないようだ。

気付いていて気付かないふりをしていることもない。

そういう演技ができないように、それはそれはすさまじい凄《すさ》まじいスプラッターなエロを裏面で妄想中だ。

「えっ、えっ、まじですかっ、まじなのですかっ、そんなことオークごときにできるはずが」

「いや、やってるぞ」

「しっ、知ってますよぅ。さっきから気づかない振りをしてやってるですぅ。ちゃんと、その深層とやらも見ているですぅ。ちょっと痛そうだけど、それぐらいで動揺するわけねーのです。精霊王の使徒ですからね」

ほう、面白い。

なら、俺のイメージを見てもらおうか。

「おうぇぇぇぇぇぇぇぇぇぇぇぇぇぇぇぇぇぇぇぇぇぇぇぇぇ、ぽっ、ポリスメン、ヘルプミー、ヘルプみぃぃぃぃぃぃぃ、ニューヨークデパートポリスメぇぇぇぇぇン、ハリーアップ、こいつ、こいつ、まじやべぇぇ、おぇぇぇぇぇぇぇぇぇ、ひぃひぃ、だめです。終わってますぅぅぅぅぅぅぅ」

ココナッツミルクをリバースしながら、全力で距離を取る妖精さん。

「ふむっ、やっぱり深層は読めないか。検証は終わりだ」

「ねえ、オルク、いったいその可愛《かわい》い子でどんな想像をしたの？」

「うーん、ティータにはまだ早いかな。秘密にしておこう」

……これは模擬戦《もぎせん》で魔王軍四天王最強の【宵闇《よいやみ》のゲッシュペルト】に送り付けられたイメージなんだよな。

精神干渉系魔術。イメージを相手の脳裏に叩《たた》き込む魔術なのだが、これが極めて強烈だ。

自分のもっとも愛《いと》しい人の無残な姿、それが現実としか思えないリアルさで浮かび上がってくる。こんなものを喰らえば正気ではいられない。

　そして、この魔術のキモはあくまでイメージの送信ということだ。攻撃ですらない。だから防げない。

　なにせ戦闘中、各種センサーは情報を得ようと平常時よりも敏感になっているぐらいだ。防御用の術式もほとんどすり抜けてくる。初見ではこれを喰らって崩れ落ち、隙《すき》だらけになったところで刃を突き立てられて負けた。

　そのあと、修行のために何度も喰らい耐性をつけたのだが、一か月ほどは悪夢でたたき起こされたし、肉が食えなくなった。母さんの顔を見て、生きてるって思えただけで泣きたくなるほどうれしかった。

　いや、だから俺、マザコンじゃないって、一番大事な人の無残な姿を見せる幻術で、母さんが浮かんだけど、それは、彼女ができるまえだからね！

　下手をすればトラウマになっていただろう。

「というわけだ。妖精、俺の心の中を読んだだろう？　俺にそういう趣味があるわけじゃない。そういう攻撃を喰らって学習したのを流用したんだ」

「そんなものを見せるなですっ！　ううう、ぜったいに夢に見るですよぅ」

「妖精なんて不思議生物が夢を見るのか」

「肉体のくびきがないぶん、むしろ精神活動は活発なのですよぅ。もう嫌ですぅ、このオーク、精霊王、担当を、担当を変えてほしいですぅ。もっと素直で擦《す》れてない子がいいのです。全盛期のミレーユみたいな！」

全盛期というのは強さのことじゃないだろう。

恐ろしいことに、あの母親は今でも強くなり続けている。

もう年齢的にはおばさんと言ってもいいのに。エヴォル・オークと結ばれたせいで年を取らないのもあるのだろうが。

妖精が全盛期と言っているのは、もっとも扱いやすい、つまり勇者としての使命感に燃えていたころのことを差す。その当時はとても便利な道具だっただろう。

「そういうところです。そういうことを考えるところが、だめなのです」

「で、担当は変えてもらえたか？　できれば、次の担当はせめて、俺のアレが入るサイズの子がいいのだが……」

「断られたのですっ！　ううう、私は世界で一番かわいそうな妖精ですぅ」

俺も泣きたい。

やれないのなら、いっそ男か不細工を送ってこい。可愛《かわい》いのに手を出せないとか、生殺しじゃないか。……スポイトするか。

「やっぱり、頭がおかしいじゃないですか！」

「それで、ずいぶんと久しぶりの登場だが、いったい何の用だ。用もないのに現れるような奴じゃないだろう」

妖精とは一度しか会ったことがない。

父さんと母さんから秘密を明かされたあの日。

それ以降はなんの音沙汰《おとさた》もなかった。

「ふう、警告に来たですぅ。このままじゃ、おまえ死ぬですよ」

「そうか」

「驚かないですか？」

「そういう警告だって可能性は考えていた」

勇者、それはいずれ世界の敵と出会う運命にあるもの。精霊王は世界の敵を排除するために、力を渡す。

「確認するが、俺が今まで戦ってきた【世界を喰らう魔蟲】や【禍津神《まがつかみ》】は、世界の敵じゃなかったのか？」

妖精がまだ顔を出すということは、世界の敵とやらは別にいるということ。

「いや、そいつらも世界の敵ですよぅ。しっかり倒したことをほめてやるですよ。よくやったです。これもこの私のナビが的確だったおかげなのです」

「……お前、精霊紋を与えてから一度も現れなかっただろう」

「あっ、あれですよ。勇者の自主性に任せた導きなのです」

それはナビとは言わない。

「まあ、本来、私たちは精霊紋を与えて、勇者の権能を使えるようにしたら放置プレイかますのがふつーです。いえ、かますっていうか、それ以上はできないルールで。今回はイレギュラーなのですよ。相手がズルしたから、こっちもズルしていいって感じで。だからこうして私が現れたです」

今の一言にかなりの情報がある。

精霊王すら縛るルール、あるいは上位存在がいるということ。

精霊王の敵対者は、世界の敵と彼らが呼んでいるものだけでなく、その世界の敵を駒《こま》のように動かしているプレイヤーのようなもの。

俺が【世界を喰らう魔蟲】や【禍津神《まがつかみ》】と戦ったときに感じた裏にいる何かが存在するという仮定を裏付けることになる。

「おめえ、やばいですね。なんで、これだけでそこまでわかるですか」

「いや、普通だろう」

「私、妖精歴なっげえし、何代もの勇者見て来たです。でも、おまえみたいなの知らねーです。気づいてますか？　そもそも私たちを疑うって時点で異端です」

「そういう性格だ」

この辺りはバックグラウンドの違いなのだろうか？

いくつもの物語を知っている。それは想像力を与えてくれた。

「まあ、いいです。とにかく、気を付けやがるですっ、介入なしな場合、もうこの時点で、おまえの死は確定事項です。未来変動率ゼロです」

「……また、用語を増やして。考察が面倒じゃないか」

もう未来変動率とか出された時点で、めちゃくちゃ仮定が出てくるのだが。オタクの悲しい性《さが》。

「もう話の腰を折るなですっ。ズルをしてやるですから。さっさと終わらせてかえりてーです」

「ズルってのは、精霊紋のような力をくれるってことか」

「ですです。でも、ルール内のあれと違って、イレギュラーは恒常的であってはいけねー、使い捨てです」

「つまり、それを使わずに解決すれば、その力を持ち越せると?」

いや、それはないいな。

なぜなら……。

「そう、おまえが考えた通りですよ。これがなければ死が確定しているです。使わなければ死ぬ、効果的に使わなくても死ぬ、効果的に使っても死が確定じゃなくなるだけで普通に死ねる。そういうのです。間違っても出し惜しみするなです。出し惜しみはするなですけど運命を変えられるタイミング以外に使うなです」

「その死が確定するタイミングは教えてくれないんだな」

「ルール違反ですからね」

「めちゃくちゃを言う」

これは想像以上にきつい。

なにせ、その力とやらを使わないと死ぬのだが、タイミングは自分で見極めないといけない。

慎重になればそのタイミングを逃すだろうし、臆病になれば無駄打ちしてしまう。

その力がなければ確実に死ぬ。という状況を読み切らないといけない。

「断ることはできないんだな」

「そしたらただ何もできず死ぬだけですよ。もう、おまえはそれと出会う運命ですから」

「それなら、今すぐここから逃げ出してやろうか」

「やってもいいですよ。無駄ですから。それが運命なのですよ」

だろうな。

「わかった、その力をくれ。どんな力かは教えてもらえるんだろう」

「まあ、それは当然ですっ、この力は」

俺は妖精から、力の存在を聞く。

一度きりの、精霊王からの奇跡。

それは、たしかに人の手では再現不可能。

だが、それが生きるケースというのは極めてまれ。

なるほど、それ自体がヒントか。

これであれば、これを使わなければ終わりという状況を絞れる。

「ってことで仕事は終わりですぅ。おいっ、そこのおまえ、お土産《みやげ》にココナッツ一つよこすです、気に入ったです。独り占めして飲みたいです」

「独り占めって……それ、おまえの何倍あるんだ」

「妖精を舐《な》めるなです」

すでに開かれているほうのココナッツの中身はほぼ空《から》。

ティータとクルルは話に夢中で飲んでない。

あの激しいボケ突っ込みをしながらちょくちょく飲んでたこいつが、ほとんどを飲んだことになる。

摂取した食料を魔力に変換する機能でも備わっているのだろうか？

亜人の一人からココナッツをもらった妖精は頬《ほお》ずりして、それから転移魔術で消えていった。

「あれが伝説の妖精さんなんだね。なんというか、その神話とは全然違うなっていうか」

「まったく尊敬できない感じの人でした」

二人が呆けた顔をしている。

妖精よ……おまえ、結構、権威とか尊敬だとか気にしているけど、まず言葉遣いと態度を改めたほうがいいと思うぞ。

このままじゃこっちに来るたびに評判を下げるから。

第十五話：確約された圧勝の刃

そのあとはティータとクルルにいろいろと話をした。

まったく、あれだけ勇者だと説明し、力を見せたのにまだ俺が勇者であることを疑っていたとは。

「オルクって設定盛りすぎだよね」

「魔王の子どもで、勇者で、大賢者の弟子で、フォーランドの王子様で、売り出し中の商人ですからね」

「惚《ほ》れ直しただろう」

前からあったオークさん万能説がさらに強固になった。

「でも、気を付けてよ。オルクが死ぬなんて絶対嫌だからね」

「私、オルクさんの剣を手入れしますっ。さっきの戦いでけっこう剣も疲労しているはずですから。あんなバカ魔力込めた後ですからね」

あの魔力量に耐えられる剣は、クルルが鍛《きた》えた真・神託の剣ぐらいだろう。

母さんの持つ剣ですら、あの魔力量には耐えられない。

「いや、案外大丈夫みたいだ。クルルは本当にいい剣を作ってくれた」

「見せてください……あっ、本当です。これなら、手入れも必要ありません」

「作り手の想像以上のものだってことだ。だが、こんなものを作ったのなら、あとが大変だ。なにせ、これ以上のものを作らないといけないんだからな」

「ですね。でも、やってみせますよ。私はまだまだ成長していますから！」

いい子だ。応援のし甲斐《がい》がある。

「私もがんばらないとね。クルルに負けないように。戻ったら、もっと商売でオルクのお手伝いするし、魔術ももっと練習するよ」

「ティータにはクルルの剣みたいなわかりやすい成果はないが、成長していると俺が保証する。それもとんでもない速度で」

「ちょっと照れるね」

それは心の底からの賞賛。

世辞なんて必要がまったくない。

「それとな、リリスとの決闘で、新しい必殺技を思いついたんだ。二人には見せておきたい」

「へえ、面白そうだね。オルクがわざわざ必殺技なんて言うんだから相当だよ」

「はいっ、オルクさんの剣技はどれもすごいですから、楽しみです」

二人が乗ってきた。

あれを見たら驚くぞ。

ふふふっ、それはこっちで得た技術からの派生じゃない。

俺の前世で憧れた技を再現したもの。

あのカッコよさを見ればきっと、『きゃー、かっこいい、オルクぅ、抱いて！』となるはずだ。オークックック。

◇

訓練場を借りる。

なぜか、ギャラリーがかなりいた。リリスを倒したことで、敵意と殺意はかなり買ったが、一目置かれてもいるようだ。

満員御礼《おんれい》。

その中で、必殺技。つまりは切り札をさらすことは剣士としてマイナスだがかまわない。

むしろ見せつけたい。

これはそういう類《たぐ》いの技。

目標は木の人形、木人くん。ちなみに強力な結界を錬金術によって施《ほどこ》されており、この城にいる猛者《もさ》が全力で打ち込んでも壊れないような頑丈さを確保している。

そして、その背後は城壁であり、その城壁は最上級の守りで外敵に備えられている。そのさらに先、城壁を抜けた先には民家などはなく、巨大な岩壁だ。

強度計算をあらかじめしており、岩壁を砕いても地下で崩落は起こらないことを確認している。

それすなわち、猛者《もさ》たちが打ち込んでも壊れない木人くんをぶち壊し、最上級の守りを施《ほどこ》された城壁をぶち抜いて、岩盤をも貫くだけの威力があるということ。

俺の前方には誰一人侵入を許していない。

念には念をいれた。

背中から無数の視線を感じる。

俺が視線を独り占めだ。

真・神託の剣を抜く。

そして、思いきり振りかぶる。

実戦ではありえないほど極端に、隙《すき》だらけな構え。剣を肩で担ぐような姿になった。

その状態で、剣に魔力を込め続ける。全身全霊で、あのとき【疑似第二段階解放】によってのみ可能だった魔力量、それと同じ量の魔力量に至るまで時間をかけて込め続ける。

あっ、忘れてた、ちゃんとポエムしないと。

そう、俺が憧れた必殺技はポエムまで含めて完成された芸術なのだ。

「光満ちる高貴なる刃は、あらゆる時代、戦いの中で倒れ行くすべての猛者たちが、命を散らす間際に見る儚《はかな》き憧れ……【栄光】という名の願いの結実。その想いと矜持《きょうじ》を込め、その信念を押し通せと叫び、今、無敵の英雄は高らかに……己の全てを一刀に込め、絶技を放つ。其の名を……」

すでに真・神託の剣に込められた魔力は限界ぎりぎり、剣が震えている。

あとは解き放つだけ。

ちなみに、ポエムっている間に必死に術式を剣にかけていた。

本来、体内で作られた術式に魔力を通すのだが、今回は剣に術式を刻んで、剣に込めた魔力を放出しながら術式を通すという技を使う。

そうすることにより、本来の瞬間魔力放出量を圧倒的に超える魔術を可能とする。

これは超高等技術であり、おそらくこれを実施可能な者は世界で二十人いるかどうか。

あっ、やばい、思ったよりポエムに時間使いすぎた、これ以上、剣に魔力をとどめておけない。

早く必殺技を使わないと。

「オルクゥゥゥ」

俺は必殺技を叫ぶ。

オルクゥゥゥの時点で思いっきり、ためを作り一呼吸を置く。

これがかっこいいのだ!!

「カリバああ！」

絶叫する。

光の斬撃が飛ぶ。

音速の数十倍の速度で放たれた斬撃はたやすく木人くん、城壁を切り裂き、さらには岩盤までも貫いた。

物理的には、せいぜい剣サイズの斬撃を飛ばす技。

なれど、音速の数十倍で斬撃を飛ばしたのだ。衝撃波が巻き起こり、半径数十メートルをずたずたに切り裂き、超速で押しのけられた空気が圧縮されたことで爆発的な熱量を生み出しプラズマ化してその熱量で周囲を蹂躙《じゅうりん》。

斬撃のはずなのに、まるで強大なビームを打ったようになっていた。

「さすがは確約された圧勝の刃《オルクカリバー》」

ちなみに、オルクカリバーの正体は超出力のレールガン。

元ネタの、エ〇スカリバーであれば本当に光の斬撃だが、残念ながら俺に光属性は使えない。

だから最初に剣の表面に無数の鉄粉を土魔術で付着させる。

それを水と風の複合魔術で生み出した超電力で加速して射出する技なのだ。

にしても、すごい威力だな。

俺の瞬間魔力放出量では使用できない魔力を使い、極めて高効率で運動エネルギーに変換しただけはある。

これは真・神託の剣がないとできない技だ。

真・神託の剣の役割は超巨大な魔力タンク。瞬間的に放出できない魔力をそこに一度溜《た》めておき、それを爆発させるから、本来扱える魔力量の数倍を運用できる。

これほど巨大な魔力タンクは他にないだろう。

それにしてもやけに静かだ。

もうちょっと歓声とかあってもいいのに、いや、だってすごかっただろ？　オルクカリバー。我ながら、とても完成度が高いと思うのだが。

ポエムとか、オルクゥゥゥでためるところとか、とくに。

振り向くと、みんな口を開けて、あんぐりとしている。

なるほど、あまりにもぶっとんだ威力で度肝を抜かれたのか。

俺の愛《いと》しい女たちは、観客たちよりも立ち直るのが早かったようだ。

おそらく慣れだろう。

俺がやらかすのをずっと見て来た。

「なんていうか、すごいね、こんな魔術、あるんだ」

「これ、いったい何に使うんですか？　オーバーキルってレベルじゃないですよ」

感動より、恐れが先に来ているようだ。

ふむ、俺は本家に迫る威力で、満足しているのだが。

「これが必要な化物がでてきたときのための備えだな」

「あの妖精さんが言ってた運命っていうやつだね」

「さすがにこれあてたら、そんなのでも倒せそうです」

だといいが。

……いるんだよな、本家のほうでもエ○スカリバーで死なないやつ。

「本当にすごいよ。なんか、いろいろと難しい言葉で、変にかっこつけた声で読み上げていたの、あれが威力の秘密かな」

「言っている意味はよくわからないけど、なんかすごそうでした！」

ポエムのことか。

「いや、まったく必要ない。ティータ、魔術を学んでいるんだから、それぐらいわかるだろう。術式を組み上げるのは脳と魔術回路だ。詠唱なんてものは存在しない」

「えっ、じゃあ、あれなんのために言ってたの」

「かっこいいからだ！」

あれがあるから、期待感が高まる。あれがあるから、必殺技感がでる。

「そっ、そうなんだ」

「普段、隙《すき》を作らないようにしているオルクさんが、素人《しろうと》みたいに、めちゃくちゃに振りかぶって、隙だらけの大振りしてましたよね。あれは意味ありますよね。あの速さで剣を振らないとできないとか」

肩に担ぐようにする、あのモーションか。

「いや、必要ない。それどころか害悪だな。オルクカリバーは、剣に付着した鉄粉を射出する魔術だ。だからな、ああやって剣を振ると、射出するタイミングと角度にものすごく気を遣う。理想はこう正眼に構えて、ぴくりとも動かず、じっくり角度調整して狙って、放つことだ」

俺がやったのは、銃を思いっきり振り回しながら狙撃するようなもの。正直、頭がおかしいと思う。

もちろん、それはオルクカリバーの話、本家のほうは飛ばす斬撃なので振りぬくことが大事だ。というか公式設定で振りぬかないと使えないとあるし。

「じゃあ、なんでそんなことしたんですか？」

「かっこいいからだっ！」

「隙を作って、狙いにくくして、時間かけてまで、そこにこだわるんですか？　命をかけた戦いの最中に」

「ははは、まさか、実戦ではちゃんとふつうに使うさ。死にたくないし、こんなもん使わなきゃいけない相手に、そんな余裕ないよ」

「えっと、さっきのよくわからないかっこいい声で言ってた難しい言葉も」

「もちろんだとも。実戦じゃ省略だ」

ハッハハッ、俺はかっこよさにこだわり、原作愛があるオークだ。でも、原理レベルでオルクカリバーとエ○スカリバーが違うことぐらい弁《わきま》えている。

実戦で原作再現のために、オルクカリバーにない弱点を背負うほど間抜けじゃない。ただでさえ、オルクカリバーには原作にはない弱点があるというのに。

「オルクって、オルクってさ」

「わかっていたことじゃないですか。オルクさんがたまに変なスイッチ入るのって」

「変とはなんだ変とは。かっこいいじゃないか」

やはり、こちらの世界の人間にはまだ早かったか。

せっかく印刷機を作ったんだ。もっと広めて、さらには絵本や漫画を作って流通させよう。

識字率は高くないとはいえ、絵がついていればきっと人気がでる。

そして、俺の好きな物語を広め、ともに語り合える仲間を増やすのだ。中二病患者を増やしてやる。なんなら、コミケをこっちで開催してもいい。

ゆくゆくはアニメ制作会社を作るのもいい。原理的にはパラパラ漫画であり、こちらでもアニメを作るのは難しくない。声優という職業も生まれ、声優を嫁にするという、オタクの夢を叶《かな》えるのも一興。

「また、オルクさんの意識がどっか行っちゃいました」

「オルク、せめて妄想するのは一人のときにして」

「ごめんなさい」

思考速度が速くなったせいで、こういうことが増えた。

「まあ、なにはともあれ必殺技が完成したな。これは使える」

「威力的には申し分ないね」

「あの長々しい前口上とか、隙《すき》だらけのモーションがないなら、実戦でも使えますしね」

「……己の未熟さを恥じるよ。ああいうのをやりながら強敵相手に実戦で使えるようになりたいものだ」

「「必要ない（です）」」

やはり、こちらの世界でも嫁はオタク趣味をわかってくれない生き物らしい。悲しい。

いつか、二人も俺のオタグッズを勝手に売ってしまうのだろうか……いや、オタグッズなんてこっちの世界にはないけど。

そんなこんなでじゃれあっていると、リリスの部下の一人が、さきほどの光景を見て、まだ怖がっているのが見え見えな様子でやってきた。

「リリス様からの御言伝《おことづて》がございます。部屋を用意してあるので今日はここに泊まるように。そして、明日の明朝に二人きりで話がしたいと。その、リリスお姉ちゃんとしてではなく、別大陸の魔王として、魔王オルグリングの息子であるオルクと話をしたいと」

ようやくか。

リリスが俺をここに呼んだのは、俺にちょっかいをかけたいから……というのももちろんあるが、俺がここに来た意図を理解してのこと。

表向きは商人として、街の貿易を活発にするため、あるいはハーレムを見つけるためとしてだが、世界に起こっている異変がこちらでも起こっていないか確認するためでもある。

そのことは、ティータとクルルにも伝えていない。観光が素直に楽しめなくなる。

「わかった、オルグリングの子、オルクとして魔王リリスの前にはせ参じよう」

さてと、そこでリリスが話す何かに、俺がいずれ出会う、新たな力がなければ死が確定する何かの情報があるかもしれない。

いつも以上に気を付けて話を聞こうじゃないか。

第十六話：このあとめちゃくちゃ夢精した

部屋は男女分かれていた。

別に分ける必要なんてないのだが。

とはいえ、今日は疲れた。

リリスとの一戦は体もだが、精神的にもかなり消耗している。その上で新必殺技、オルクカリバーを完成させている。

さすがの俺も、二人と愛し合おうって気にはならない。

……ごめん、嘘です。オークの性欲は宇宙だ！

「まあ、今日はゆっくり寝よう。ティータもクルルもしんどそうだし」

異国の観光はとても楽しいのだが消耗する。

無理強いして嫌われたくない。

ふむ、こっちは寝具も違うのか。見た目はあまり変わらないが熱が籠《こも》らず、風通しがいい。

これを買って帰りたいな。

向こうでも夏は暑い。夏はこっちの寝具を使ったほうが快適そうだ。

明日はリリスと、まじめな話をして、それから二人が気に入っていたエビを釣りに行くのもいいか。

今日食べたエビはクルマエビに近いものだったが、こっちにはロブスターのような大型エビもいる。獲れたてだと別格のうまさだ。

そんなことを考えながら、俺は眠りについた。

◇

目を開く、懐《なつ》かしい匂《にお》いがした。

見慣れた天井。

ああ、ここは実家だ。

オークの村、オークルシルの族長宅。

「なんだ、これは」

自分の体を見下ろす。

今よりも縮んでいて、筋肉もろくについていない、なよっとした少年の体。

これは俺が力を手に入れる前の、先生たちと出会う前の、ただなんとなく生きていたころの姿。

精霊紋を引きずりだそうとしたが、それもできない。

腰にあるはずの真・神託の剣もない。

魔術を使おうとしても、魔術式が頭に浮かばない。

まるで、タイムスリップしてしまったかのよう。

不安になってしまう。

俺が積み重ねてきたすべてが奪われた。そうとしか思えない。

「ティータ、クルル！」

愛する女の名を呼ぶ。

返事はない、だが、扉が開いた。

そこに居たのは黒い妖艶《ようえん》な下着姿を見せる美女。

「あらっ、どうしたの？　オルクちゃんったら怖い夢でもみたのかしら？」

リリスだ。

「いったい、俺に何をした、リリス」

「あら、お姉ちゃんを呼びつけなんて生意気ね。ちゃんと、リリスお姉ちゃんって呼ばないとだめでしょ？」

妖《あや》しいほほえみで、そのまま俺に覆い被《かぶ》さってくる。

簡単に俺は組み敷かれた。

リリスの匂《にお》いがする。甘い、とても甘い匂い。

ティータやクルルのような少女、果物めいたフルーティなものじゃなく、女性特有の甘ったるい蜜のような匂い。

それが俺の理性と思考を溶かしていく。

目が、白く豊満な胸に引き寄せられ、リリスと触れているところに全神経が集中してしまう。

「いったい、何年前の話だ、リリス」

たしかに昔、リリスお姉ちゃんと呼んでいた。たまに遊びにくる、父さんの友達で、優しくていじわるなお姉さん、エロくて、ちょっと興奮していたのは秘密だ。

「もう、変な夢をみたんでしょう。オルクちゃんはいつもお姉ちゃんって呼んでるじゃない。ほら、〝いつもみたいに〟私に委《ゆだ》ねて、気持ちよくしてあげる。うふふっ、可愛《かわい》い」

いつも？

なんのことだ？

リリスの手が俺のに触れる。その触り方が絶妙で、じらされながら。どうしようもなく気分が高まる。

「あらあら、まだまだ子供なのにここだけはすごいわね。うふふ、苦しいでしょう」

「やめっ、やめろ」

「なら、押しのければいいじゃない。どくんどくん言ってる。可愛い。私もどきどきしちゃった。ほらっ」

リリスが俺の手を心臓に導く、手がリリスの胸に埋まる。

柔らかい。

それは少女じゃなく、女性の胸、芯がなく抵抗なく沈み込んでいく。成長期のティータやクルルじゃこうはいかない。

ティータ、クルル？　誰だ？

あれ、俺は、俺は。

「もう、オルクちゃん、考え事ばっかり。そんな子は可愛《かわい》がってあげないわよ」

俺のものからリリスが手を離した。

それがとても切なくて、思わず声がもれた。

「ほら、オルクちゃん、おねだりして。お姉ちゃん、可愛がってってって」

「お姉ちゃん、かわい、可愛がって」

溶けた頭が、ただ気持ちよくなりたくて、目の前の妖艶《ようえん》な美女にすべてを委《ゆだ》ねたくなって、言葉が漏《も》れる。

「そう、いい子」

「あっ、ああ」

リリスの舌が俺のを這《は》う。

背中が反ってしまう。それほど気持ちがいい。

ああ、だめだ。溶ける、溶けてしまう。

「うふふっ、オルクちゃんには私しかいないの。いじめられっ子のオルクちゃんを守ってあげられるのは私だけ」

いじめられっ子？

ああ、そうだ、俺は、僕は、弱くて、オークのくせに人間みたいで、みんなにいじめられて、馬鹿にされて。

でも、リリスお姉ちゃんだけは僕を可愛がってくれて。

僕にはお姉ちゃんしか。

「もっと気持ちよくしてあげる。ほら、ほら」

リリスが口で僕に奉仕してくれる。

こんな快楽、僕は知らない。

すべてを委ねてしまいたい。

あと少しで絶頂する。

そこでリリスは口を止めた。

「どっ、どうして」

「最後はこっちでしたいでしょう？」

リリスが体を起こして、自分の秘部を見せつけ、下着をずらした。

そこに挿入すれば、どれほど気持ちいいだろう。

「したい、したいよ、リリスお姉ちゃん」

「うふふっ、なら、こう言いなさい。リリスお姉ちゃんのことが世界で一番大好きだって、リリスお姉ちゃんのことだけを愛してるって」

溶けた理性のまま、俺は夢遊病患者のように口を開いた。

気持ちよくなれる。それしか考えられなかった。

リリスと愛し合えるなら、もう他には何もいらない。

「僕は、リリスお姉ちゃんのことが世界で一」

そこまで言いかけたところで、口が動かなくなった。

何かが、俺の奥深くに押し込めた何かが、魂が、違うと叫んだ。愛する女たちの泣き顔が脳裏に浮かぶ。

本能が、獣欲が、弱さが『気持ちよくなりたい、目の前の最高の女を抱かせろ、ほかはどうでもいい』と叫んでいる。リリスの言ったとおりの言葉を放つよう体に命令しても、世界で一番リリスが好きだとどうしても口にできない。

リリスが動揺する。目を見開き、ありえないと小さくつぶやいた。

「どうしたの、オルクちゃん、お姉ちゃんと気持ちよくなりたくないの？」

なりたいさ、なりたい。

でも、それは違う。

「ああ、リリス。お前は間違えたんだ」

最後に言わせようとしたセリフがそれでなければ、俺はリリスに籠絡《ろうらく》されただろう。

ここは夢だ。

リリスが俺の夢を自分に都合のいいよう書き換えた世界。

この世界で俺はリリスに勝つことはできない。

リリスはサキュバスの上位種。

夢を操る能力では最強。ここで彼女に挑むのは、魚と水泳で勝負するようなもの。

それでも、勝てなくても譲《ゆず》れないもの、譲っちゃいけないものがある。

ハーレム王になる、人によってはふざけているとしか思えない、眉を顰《ひそ》めるそんな夢を本気で応援してくれた人たちがいる。

おまえだけを愛することはできない。そう伝えても俺を愛してくれた女性《ひと》がいる。

死んでも裏切るものか。

それは僕の……いや、〝俺〟という存在の根幹。何があろうと捨てられない夢。

だから間違っても。

「リリスだけを愛するなんて言えない。俺は俺の夢と愛する女を裏切らない。何があろうとな……だから、こんな夢を終わらせろ」

俺は自分を取り戻した。

夢の世界で、彼女の庭で。

「そんな、ここで、この夢《せかい》で私に抗《あらが》うなんて」

「俺も驚いてる。……俺だけじゃ、無理だった。ただな、愛の奇跡ってのはあるみたいだ」

「そんなもので」

「そんなものだからだ」

リリスが泣き笑いをする。

「本当に、あなたは強くなったわね。それに、オルグリング、あなたのお父様に似てきたわ。あの人も、私の夢に抗った……だめね、ますます好きになっちゃうじゃない。明日の朝、また会いましょう」

夢が終わる。

俺の体が、弱かったころの俺から、今の俺へと変わっていく。

もうすぐ朝か。

危なかったな。

夢の世界で彼女に籠絡《ろうらく》されていれば、現実でもそうなっていただろう。

心が囚《とら》われてしまう。

……でも、もったいないことをしたな。

うまく、そう、いろいろとごまかして、一番好きとは言わないまま、リリスと体を重ねる方法もあったはずだ。

いや、やばいやばい。何を考えているんだ俺は、それはまさにオークのクズがやる所業。

だって夢ならノーカンのはず！　浮気じゃない！　あの巨乳をげへへっへ。

にしても……。

セックス寸前でお預けになった息子が泣いている。この涙、先走り。

「びんびんじゃないか、これ」

どうにかしなければ。

どうにかするにしても、どうするんだ？

夢の中でオナニーなんて悲しすぎる。

くそっ、夢なんだから好きに女を呼び出すぐらいできてもいいのに！

さすがの俺も夢の操作方法なんて学んでないぞっ。

第十七話：だいたい魔王城には邪神が封印されている

朝起きると夢精していました。

……夢精とか何年ぶりだよ。

やだこれ、恥ずかしい。オーク的にはおもらしより恥ずかしい。

あれか、リリスが夢から去ったあと、夢でオナニーしまくっていた影響か。

いやね、あのね、言い訳するわけじゃないけど、普段はティータやクルルと一緒に住んでてね、一人でそういうことをする自由がなくてね、ちょうどいい機会なんで、それはそれはとても激しい、ロックンロールなオナニーしたわけですよ、はい。

うん、オナニーも限界まで突き詰めるととても気持ちいい。

まあ、それよりもこのガビガビな下着とズボンと布団をなんとかしなければ。

さすがオーク。量が半端ない。水の精霊に頼んでちょちょいのちょいっとで終わるか。

ティータたちに気づかれる前に……。

「おはよう、オルク。朝ごはんを用意してくれたって」

「なんか、こっちだと朝ごはんはココナッツミルクをかけたお菓子みたいです。楽しみですね！」

なぜか、しっかり寝る前に鍵を閉めたはずの扉が開いて、ティータとクルルが顔を出す。

うん？　あれ、どういうことかな。

「あれ、変な匂《にお》い」

「悲しいことに最近、かぎなれちゃった匂いですね」

二人と目があってしまった。

二人は、すごく申し訳なさそうな顔をする。その視線はガビガビになったズボンに向いていた。

「そっ、その、ごめんね、オルクっ」

「出直します！」

速攻帰っていく。

せっ、せめて言い訳させてくれっ！

◇

それから気まずい朝食を済ませた。

ティータの『よくわからないけど、男の人ってそうなっちゃうときがあるんだね』という慰めがとても心に刺さった。

……朝食は美味《おい》しかったけどね！

ココナッツミルクをぶっかけたコーンフレークっぽいものなんてまずいわけがない。

そして、そんなこんなでリリスの部屋に今度は一人で行く。

魔王としてのリリスに会うため、俺も正装していた。

商人としての顔も持つため、正装の用意はある。もちろん、ポーチでは持ち歩けない。オークカーに収納してあるのだ。

「へえ、そういう恰好《かっこう》も似合うのね」

「……昨日はよくもやってくれたな。おかげで、朝からひどい目にあった」

「ことの顚末《てんまつ》は知っているわよ。でも、それを私のせいにされるのはひどく心外ね。私の誘惑を断っておきながらオナニー三昧《ざんまい》だなんて、傷つくわ」

「なぜ、そんなことを知っている」

おかしい、ちゃんと俺はリリスの気配が消えてから、ことを為《な》したはずだ。

「甘いわ。夢の中でのだましあいで勝てるとは思わないことね。私の残滓《ざんし》をオルクちゃんに残しておいたわ。すごかったわね、エアギター」

「ぎゃああああああああああああああああああああああああああああ」

見られてたぁぁぁぁぁ、若気の至りのエアギターオナニー。

エアギターをしながら、オリジナルのラブソングを歌って気持ちよくエレクトするところ見られてたぁぁぁぁぁぁぁ。

「やるな、さすが魔王だ。すさまじい交渉術だぜ」

「オルクちゃんの自爆よ。ふう、本当にいい男になったわね」

「あれを見て、そう言ってもらえるのは意外だな」

たぶん、ティータたちに見せたら、ひどい蔑《さげす》みの視線を向けられる。

「面白かったからいいのよ。それに、そんな表面的なことを言っているわけじゃないのよ。私の誘惑を跳ねのけるほど、愛されている彼女たちがうらやましいわ」

「リリスが父さんのこと好きじゃなければ、本気で口説くんだがな」

これは嘘じゃない。

彼女の魅力に気付いている。それは色気だけじゃない。父さんを想い続ける一途さ、父さんへの想い故《ゆえ》とはいえ俺に見せてくれた優しさ。

なにより、ここに来てわかったことがある。魔王リリスは配下たちに心の底から慕われている。

魅力ないものにそんな真似《まね》はできない。力だけで人を押さえつけられるわけがない。

「昨夜のことはわかっているでしょう。夢とはいえ、そういうことを私は何度もしてきたのよ。オルクちゃんが思っているより汚れているわ」

「言っただろう。そういうことは気にしないとな」

「それは本心？」

「ああ、本心だ」

「オルクちゃんのものになってもそういうのは止《や》めないわよ。それが私の食事だもの」

「いや、俺の女になったら、俺以外からそういうことをするのは止めてもらう。食事は俺だけで賄《まかな》えるだろう……とはいえ、その仮定に意味はない。リリスが好きなのは父さんだ」

「ええ、そうね。そうよね」

「もし、本当に俺のことが好きになったら教えてくれ。そのときは、こちらから口説く」

その言葉を聞いたリリスは、悲しげに目を伏せて、それから、小さくそうねとつぶやいた。

「この話はおしまいにしましょう。この大陸に異常がないかを聞きたいのよね」

「ああ、こっちの大陸じゃ下手をすれば世界が滅びるような事件が頻発しているんだ。そっちの状況が気になる」

俺たちのいる大陸だけで、そういうことが起こっているとは思えない。

俺に世界を救おうなんて正義感はない。

だけど、俺と愛する女の生活を害するかもしれない芽は摘んでおきたい。

「いろいろと起こっているわよ。でも、こっちはこっちでどうにかしているわよ。私がいる限り、こっちの心配はいらないわ。ただ、先日はとてもまずかったわね。あなたの両親が来てくれなかったら、どうなっていたことか」

「父さんたちが来たのか」

「ええ、問題を解決したらすぐに出て行ったけどね。ふう、まさかあれの眷属《けんぞく》がまだ生きていて、城に封印されていた始祖を復活させようとするなんて。これはオルクちゃんだから話すんだけど、この地下にある城は、それを封印するためだけに作られたものなのよ。誰にも口外してはだめ、あの可愛《かわい》い女の子たちにもね」

両親が海外旅行に出かけたことは知っている。

ただの旅行じゃないかもしれないとは思っていたが、ここに来てリリスに協力していたなんて……あれで元魔王と勇者だ。何かを知っているのかもしれない。

「そうか……、もし何かあったら俺を頼ってくれ」

「振ったくせに優しいのね」

「たとえ俺の女にならなくても、リリスのことは大事に思っている」

「私もよ。私にとって、オルクちゃんは可愛い弟みたいなものだから……ええ、もう、あの人の代わりなんて思うのは止めたわ。弟でいいの」

何か吹っ切れた様子だ。

エアギターを見て愛想をつかしたのではないと思いたい。

「しばらく、この街を楽しむといいわ。貿易のほうも期待に応えられると思うわ。逆にこちらもオルクちゃんのいる街に行こうかしらね。うちの子たちなら、海を渡るぐらいできるし」

「それがいい。双方の市場が活性化する」

貿易というのは、メリットが大きい。

もちろんデメリットもある。安価なものが外から大量に流れてきて自国の品が売れなくなり、失業者が大量発生なんてことも起こりうる。

だが、街の様子を見た感じ、そういうのはなさそうだ。そもそも、貿易にかかるコストが高すぎて、一部の高級品でないと採算が取れない状態なのだから。

「興味本位で聞くが、父さんたちの力を借りないとどうにもならないって化物はどんな奴なんだ？」

魔王リリス。俺の【第二段階解放】状態を平常運転で出せる規格外、それにそんなことを言わせるような相手、興味がある。

ましてや、魔王リリスの臣下たちには、魔王軍四天王に匹敵するような猛者《もさ》が含まれているのだ。

それで対処できないとなれば、邪神クラス。

やはり、この城に封じられているあれか？

さっき、アレの眷属《けんぞく》なんて言っていたが。

「それはね……」

強烈な眠気に襲われる。

なんだ、これは……。

「ありえない、封印の間に侵入された!?　転移!?　違う、転移すら許さない、あれはそういう……転移じゃなくて、そこに今生まれ落ちた、そんなの、どうやって……強化した封印がはじけ……オルクちゃん、手を！」

リリスが伸ばしてきた手を必死に掴《つか》む。

そして、俺の意識は呑み込まれた。

リリスの腕に抱かれているような、そんな感覚を覚えながら。

第十八話：俺が一番嫌いなのは情報を小出しにして上から目線のラスボス面した男

夢の中にいる。

そのことを自覚できた。

それは、混ざり合った世界だった。

いくつものイメージが無作為に抽出されて、混ぜ合わされて混沌《こんとん》と化した、ありえない世界。

「夢、それも、一人二人の夢じゃない、これじゃまるで」

「勘がいいわね。ここは複数の夢を束ねてできた世界。私の臣下たちも、あなたの大事な女の子も含めたみんなの夢。そこに取り込まれたのよ」

「無事なのか？」

「今はね。……これはもう一つの世界を作るのに等しいの。その維持を取り込まれた全員で賄《まかな》っているのよ。いずれ干からびて死ぬ……いえ、訂正するわね。維持しているだけじゃない、世界を広げている。次々に外の子たちを呑み込みながら」

取り込んだものを燃料にして、広がり続ける夢の世界。そして新たに犠牲者を増やしていく。

「いったい、これはどこまで広がるんだ」

「広がれば広がるほど、維持に必要な力は膨大になっていくわね。新たに獲物を取り込み続けないと破綻《はたん》する……どこかで、釣り合いがとれなくなるのだけど、たぶん、この大陸一つ包み込むぐらいはいくわね」

負の連鎖。

そして、あまりにもスケールが大きい。大陸一つに存在するすべての命を奪うなんて。

「これが、父さんたちがいなければ、対処できなかった存在か」

「ええ、私の遠い、遠い、ご先祖様なの。これに比べると私は劣化版。でも、おかしいわね。この間、封印を解かれる前になんとかしたの……それどころか、あの二人の力を借りてより封印を強化したわ」

「父さんたちが強化した封印が破られた？　リリスのおひざ元で」

ありえない。今、この瞬間まで、リリスが何が起こったかを知ることもなく封印を破られたなんて。

ありえないを起こした何か……それが、妖精の言ったズルなのか？

「その通りよ」

「今はそれを気にしても仕方ないな。取り込まれても、力を奪われている感じがしないのは、リリスのおかげか」

「それもYES。もし、私の手をつかんでなければ、あなたもここの住人よ。……見て」

リリスが指さした先には、城で見かけた人々がいた。

皆の夢が混ざり合った世界で、何の違和感もなく普通に生活している。

「ここに取り込まれると、それを異常と感じることもできないのよ。あなたは耐性があるわね。たぶん、エヴォル・オークの血に夢魔系列の何かが含まれているのだろうけど、それも、血を封印している状態じゃ気休め」

「リリスに救われたわけだ」

「巻き込まれたという見方もできるけどね」

「ティータとクルルを捜したい」

彼女たちを保護しないと。

元凶を倒して、この世界をぶち壊すにしろ、まずは彼女たちの無事を確認しないと。

「それは無理よ。この世界は広すぎるもの。取り込まれた、何万もの人たちの夢が繋《つな》がっているの。現実世界よりも、広大。ここで人捜しなんて、無理ね」

「無理でもやらないと」

「いえ、元凶を倒すほうが早いわ」

人捜しは難しい。

ならば元凶を捜すのも同じぐらいに難しいはずだ。

いや、そうでもないのか。

「向こうからこっちに来てもらう」

「話が早くて助かるわ。オルクちゃんと私は、この世界にいるけど、取り込まれてない異物。毒なのよ。なら、毒らしく、世界を壊そうとすれば……」

「抗体が動き出すか」

そちらのほうがよほど確実だ。

なら、急がなければ。

世界を破壊する。そのためには、この夢でできた構造を分析しなければならない。

解析魔術を使おうとして、つい最近も経験した違和感を覚えた。

「……なるほど取り込まれていなくても、夢の中というのは変わらないのか」

「私のフォローがあっても、厳しいはずよ。だから、ここは私に任せて」

肉体、意志、魂。

それらが分断されている。だから、魂からうまく魔力が引き出せず、体が重い。ここにあるのは意志だけ。

「父さんと母さんは、力になったんだろう。なら、俺にもできるはずだ」

「オルクちゃんの素質はあの二人を超えていると思うわよ。でも、経験が足りない」

ああ、知っている。

だから、その経験を埋める。

観察しろ、世界なんて巨大で漠然としたものじゃない。目の前にある見本を。

夢のスペシャリストたるナイトメアのリリスを。

解析魔術すら使えなくても、できることはある。

見るだけじゃない、思い出せ。昨夜の夢を。

「うふうっ、オルクちゃんってば、すごいわね。しっかり見ていなさい」

夢の世界だというのに、リリスは自在に魔力を引き出す。

ここにはない肉体と魂との繫《つな》がりがあるかのように。

リリスはまるでそれが当然であるかのように行っているが、たしかに見えた。

夢に隙間《すきま》を作り、己の肉体とパスを繫げているところを。

どうやってそれができているかはわからない。

だが、その隙間を認識できた。

その隙間から、己の魂を強く呼ぶ。

パスが繫がる感覚、魔力が流れこんでいく。

リリスが作った隙間を固定する。

「こういう感じか」

「……化物ね。それ、血じゃなくて技術よね」

「たいしたことはしてないさ。独りじゃまだ無理だ」

たまたま開けてもらった穴を利用して繫げただけ。

自分で穴を開けることはできそうもない。

でも、これでただのお荷物ではなくなった。

「オルクちゃんを見ていると、千年かけて作り上げた常識が壊れていくわね……それだけ魔力が使えるなら暴れられるわよね？　自分の信じる最強のイメージを浮かべて、実行して、それを私がこの悪夢にぶつけてみせるわ」

「それはシンプルでいいな」

魔力を取り戻し、魔術を使えるようになったおかげで、手本《リリス》の観察が捗《はかど》る。

イメージによって、愛剣である真・神託の剣を呼び出す。

俺の持つ最強火力。

であるなら、出来立てのあれしかない。

「オルクゥゥゥ」

ポエムはカット。今は一刻を争う。

悠長にポエムなんて読んでいる暇がない。

剣に限界まで魔力を込め続けていく。

そして、剣が震え、悲鳴を上げはじめた。

頃合だ。

「カリバァァァァァァァァァ!!」

光の斬撃が放たれる。

亜光速の斬撃が世界を切り裂き、衝撃波とプラズマが吹き荒れる。

それを、リリスが世界そのものへの攻撃へ変換していく。

世界がひび割れていく。

さすが、オルクカリバー、世界を切り裂いた剣。

いや、そっちのほうは、元ネタが別か。さすがに見た目だけでも、あれに近いものを作れる自信はない。

「びっくりしたわ。そんな必殺技あったなら、私との戦いで使えば良かったのに」

「いや、リリスに当てられるわけないだろ、こんなもの」

ポエム破棄をするにしても魔力を込めるために必要な時間が長すぎて、当てられる気がしない。

大技というのは、なかなかに使いどころが難しい。

「それより、くるぞ」

「ええ、そうね。感じているわ。……オルクちゃん、死なないでね、オルクちゃんに死なれたら、あの人に会わす顔がないもの」

「善処する」

俺も死ぬわけにはいかない。

俺がここで死ねば、世界に取り込まれたティータとクルルも死んでしまう。

そこに現れたのはあまりにも強大で、歪《いびつ》で、醜《みにく》い化物だった。

悪夢そのもの。

空間の裂け目からそれがゆっくりと染み出してくる。

「この地下にある城そのものが、あれを、私の始祖を封印するための儀式装置であり、牢獄なのよ」

「リリスのご先祖様か」

「ああなるから、私たちはデチューンされて生み出された。……私が略奪するのは力だけ。でも始祖様は違うの。力も記憶も意志も夢も能力も魔力も感情も魂も何もかも奪ってしまう……他人の心なんてものを取り込んで、正気でいられると思う？」

「壊れるだろうな」

「そう、あれは原型にして失敗作、そのなれの果て。かつて、世界を滅ぼした悪夢」

人の心というのは、ある意味世界そのもの。綺麗で汚くて、多面性がある。

自分だけで精一杯。なのに、あれはいったい、何人、いくつの世界を取り込んだのだろう。

それはもう人じゃない、化物だ。

混ざり合った感情は意味を待たず、塗りつぶされる、それはたいてい悪意と欲に落ちる。人の心は綺麗で汚い。だけど、どんな色でも重ねれば重ねるほど黒に近づく。

そんな濃厚で、重厚な黒が力と能力まで重ねたら。

それは……。

「世界を滅ぼしたか……滅ぼされたはずなのに、なんで世界が存在し、俺たちがこうして生きているか知らないが、あれをかつて何かが倒したんだろう。なら、倒せぬ道理はない」

「そうね。そのために私たちがいるのよ。エヴォル・オーク、ナイトメア、ハイ・エルフ、神炎狐、勇者、魔王、失敗した世界を滅ぼした存在に対する抑止力。それを盛り込んだのが今の世界。あっ、ちなみに魔王っていうのは役割としての魔王じゃなくて、システムとしての魔王ね。私やあの人は違う」

……強すぎると思ったんだ。エヴォル・オークや、ナイトメアなんて種族は得に。

染み出した悪夢は完全な姿を現した。

勝率は一人では現状ゼロ。

話にもならない。

これに比べれば、今まで戦った【世界を喰らう魔蟲】や【禍津神《まがつかみ》】すら可愛《かわい》く見える。

でも、俺と同等以上のリリスが隣にいて、反則に対応するために精霊王から与えられた使い捨ての切り札がある。

勝ち目はあるはずだ。

もし、精霊王が何者かとゲームをしているのなら、ゲームが成立する要素がなくてはならない。つまり、俺にも勝ち目があるということ。
ならば、勝ってみせよう。
世界のためじゃない、俺が望む世界のために。

第十九話：ラスボス戦はいけるな！　って思うと逆にやばい

その悪夢はありとあらゆる種族を内包していた。

首は六叉《また》に分かれ、顔はそれぞれ犬のような顔だったり、角が生えていたり、鱗《うろこ》がびっしりとしていたり。

そして腕も足も羽も無数にあり、バリエーション豊か。

ありとあらゆる種族を取り込み続けたなれの果て、出来の悪い粘土細工。

あれでは、バランスもなにもあったものじゃない。本来の機能を果たせないだろう。

ただ羽をくっつけただけでは空を飛ぶことはできないように。

いくら強靭《きょうじん》な爪がある剛腕があったとしてもあの長さと配置では敵に届かない。

体内でマナが荒れ狂っている。

地・火・風・水、それぞれの精霊を操る種族たちが取り込まれているのだが、調和などとれず、干渉しあい打ち消しあっているどころか、己を傷つけている。

めちゃくちゃだ。

それでも、幾重にも重ね掛けされた治癒能力が無理やり癒《い》やし、生み出す魔力量も膨大で無理を通してしまう。

苦しいはずだ。だが、もうアレには、人の心を取り込みすぎたアレにはその感覚すらないだろう。

「ああ」

いくつもの口が開き、怨嗟《えんさ》の声をあげる。

本能と欲望のままに、異物である俺たちを始末しようとする。

双精霊紋が輝く。

さらには風の精霊たちに声をかける。

「【風盾鎧走】」

得意の魔術を使う。風の鎧《よろい》を纏《まと》い、風に乗ることで、速度と防御両方を確保する使い勝手のいい魔術。

バランスの悪い体、膨《ふく》れ上がった肉塊に手は無数に生えているが、それは元の持ち主のサイズなのか、肉が邪魔《じゃま》で届かない。だが、それらが伸びてくる。

まるで弾丸の速さ、風に乗って後退する俺にたやすく追いつく。

風の鎧に着弾した瞬間、角度を調整しつつ、さらには一部の風を解き放つことで受け流す。

背後に巨大なクレーターができた。

なんて速さと威力。

だが、安心してもいられない。腕の数は一本、二本じゃない。

技術も戦略もない、ただ無数の伸びる腕で、子供のように殴《なぐ》りかかってくる。

舌打ちをして、残った風すべてを推進力に変えてロケットのように突進、すれ違いざまに剣を振りぬいた。

「ちっ、あのでかさじゃ、打撃は与えられないか」

相手は二十メートル以上ある巨体。

それを刃渡り数十センチの剣で切ったところで致命傷にはほど遠い。

例えるなら、人がネズミにかまれたようなもの。

しかも相手には再生能力がある。

魔力の高まりを背後から感じる。極めて原始的な魔力の塊を飛ばすだけのもの、それが首の数だけ飛んできた。

稚拙、本来なら陽動にしかならないとるに足らない魔術がふざけた魔力量で必殺になってしまう。

空中で姿勢制御しながら、着弾するものだけを切り裂く。

オリハルコンの剣だからこそできる芸当。

「リリスっ！」

叫ぶ。

そこには強大な魔法陣を展開したリリスがいた。

俺は囮《おとり》だ。

わずかな傷を与えるために命を張ったわけじゃない。

リリスなら有効打を与えられるという言葉を信じた。

リリスが闇魔術を放つ。

闇魔術は消滅の魔術。魔力を餌《えさ》にして対象を消失させる。

逆に言えば、魔力に見合うものしか消滅させられない。

あの化物と物量戦を挑む、馬鹿正直にあれ全部を消滅させようとすれば、いかにリリスの魔力量であってもまるで足りない。

黒い閃光が化物を貫いた。

「があああああああああああああああああああああああああああ」

化物が悲鳴をあげる。

『なるほど、魂だけを消滅させたのか』

リリスの黒い光が消滅させたのは魂だけ。

魂を消滅させられたことで、丸ごと取り込まれた肉体がただの重りになり、魔力が漏《も》れ出ていく。

丸ごと取り込むということは、リリスのように力だけを選び、さらに自分に適応させるという作業をしないということ。魂という要《かなめ》を失えば、残りが制御できなくなるのも必定《ひつじょう》。

リリスの魔力量なら、あの化物に呑み込まれた魂だけなら消滅させることは可能かもしれない。

……もっともそれはけっして楽じゃない。

あの術式はリリスをもってしても集中を必要とし、時間がかかる魔術。

その間は俺が気を引かないといけない。

命がけだ。

化物から肉片がいくつも零《こぼ》れ落ちていく。今、リリスによって消滅させられた魂がもともと持っていた肉体だろう。

「があああああああああああああああああああああああああああああああああああああああ!」

化物がリリスこそが脅威《きょうい》だと感じて無数の手を伸ばす。

リリスの技量では躱《かわ》せない。

だが……。

「オルクカリバー!」

もはや、オルクゥゥゥで一度切ってタメを作る余裕も、振りかぶる余裕もないので、剣をまっすぐ構えたまま普通に放つ。

やつが、肉塊を吐き出す間に準備をさせてもらった。

いくらあの化物でも、オルクカリバーの超火力を喰らえば四散する。

ばらばらになってもなお再生するが、それでも時間が稼げることに意味がある。

やはり、いくら強くても獣と同じ。

超一流相手なら、オルクカリバーなんて溜《た》めの隙《すき》を得ることも、当てることもできなかった。

俺は、そんな安堵《あんど》を感じつつも再び跳ぶ。途中でリリスを抱えてだ。

ばらばらの肉片からそれぞれ触手が伸びて来た。

このサイズなら……。

「【煉獄】」

あたり一帯の炎の精霊、その力を借りて煉獄の炎を召喚する、広範囲殲滅《せんめつ》魔術。

普段の威力の三分の一も威力が発揮できない。

理由は明白、この夢の世界には精霊たちがほとんどいない。今の魔術は、奴がかつて取り込んだ肉体に含まれていた精霊が漏《も》れ出たものを使ったにすぎない。

だが、腐っても【煉獄】ならば肉片を燃やし尽くすだけの火力はある。

「本当に便りになるわね。【魂意消滅】」

リリスが再び、黒い光で魂のみを消滅させる。

肉塊は悲鳴をあげて、中身を吐き出しながらのたうち回る。

これなら勝てそうだ。

敵の力はどんどん削《そ》いでいける。

そして、こちらは余裕をもって回避可能。

だが、第六感が警鐘を鳴らす。

危険だと、逃げろと、あれに手をだしてはいけないと。

そして、それは来た。

肉塊のなかから何かが飛び出した。それはリリスのように黒い翼が生えた人型、均整の取れた美しい形をしていた。

手のひらから生えているのは竜種の角、それを剣のように突きを放つ。相変わらず、速く力強い、だが違うのは……。

『巧い』

その突きには剣の術理がある、一流の剣士のそれ。

それを規格外の速さと力で放たれれば避けられない。

「がっ」

剣で受けることもできないタイミング。ぎりぎり急所をさけて、肩で受ける。肉を軽々と貫かれ、血が噴き出る。

俺は敵の腹をけり飛ばして突き刺さった角を抜きながら、退避。

追撃はない。まるで、自身の肉体を確かめるように、黒い翼の男は肩を回した。

「あああああ、やっと軽くなった。食べすぎは良くないなぁ」

そこにいるのは、リリスの始祖だと思わせる存在。

戦い始めたときと比べれば、力の総量は半分、いや、三分の一ほどに落ちているが、それでもなお俺とリリスを合わせたものを上回り……なおかつ理性と技を取り戻した、本当の化物だ。

第二十話：奇跡を祈るが、奇跡を頼りはしない

目の前にいる、リリスの始祖。種族名すらわからない、黒翼の化物。

どことなく魔王形態の父さんを思い出す。

強さが圧倒的なだけではなく、特別な存在のみが持ち得る王気《オーラ》を纏《まと》っている。

気圧《けお》される。ここにとどまるだけで精一杯。

そして、俺以上にリリスは動揺をしていた。近い種族だけに、俺よりもそれの危険性がわかるのだろう。

「あああああ、無理っ、無理よ。あんなの勝ち目がない。逃げなきゃ」

助力を頼もうと思っていたが、リリスは頼れない。

完全に心が折れてしまっている。

彼女はこれとは戦えない。

俺一人で倒さないといけない。

「ふむ、君たちは私の同類かね。神のおもちゃ、バランスブレイカーを御するために作られたバランサー。もっとも、少年は力を持て余し封印することで辛《かろ》うじて意志を保ち、そちらの女性は私の型落ち品、いや調整版ということか」

「まったく、最近そういう思わせぶりなことを言うやつが増えて困るな」

分析魔術および、状況、セリフからの推測で、これがどういう存在か理解してしまった。

おそらく、リリスが始祖と呼ぶこいつがこの姿になれたのは俺たちが中途半端にこいつの力を削ったせいだ。

際限なく喰らい、奪い、膨《ふく》れ上がった結果、こいつは己を御しきれなくなった。

だが、初めからそうじゃない。

吸収した心と力を制御できるラインがあるはずだ。

力を削《そ》いだことで制御できる水準まで、蓄《たくわ》えた力と心が減った。

だからこそ、今のこいつは今まで吸収したすべてを完全に制御し、なおかつ人のサイズにまで密度を高めている。リリスと違い、きっちり取り込んだ種族の能力や技も使える。

力の総量こそ三分の一以下、なれど危険度は数十倍。

勝てない。

それはもはや予感ではなく確信に近い。

「見たところ……なるほど、君は超一流の戦士だ。素晴らしい、これほどの猛者《もさ》は片手の指で数えられるほどしか知らぬ。ならばこそ、わかるであろう？　彼我《ひが》の戦力差が」

「悲しいことにな。提案がある。俺はおまえを倒したいわけじゃない。世界を、大事な人を守りたい。この広がり続ける夢の世界を終わらせてほしい。ずっと化物をやっていたのだろう？

いつの時代から、生きているかは知らないが、今の世界は素晴らしい。うまい飯と酒、いい女、夢の中に呑み込むなんてもったいないと教えてやる。壊すには惜しいはずだ」

そう、相手には知性がある。そして、世界を滅ぼす気がないのであれば、戦う必要なんてない。話し合いで済ませるべきだ。

世界を滅ぼす力を持つ＝殺さないといけない。なんて図式が成り立つのなら、俺や父さんも生きているだけで罪になる。

「ふむ、君は馬鹿ではないらしい。だが、その返事はノーだ。私は世界を滅ぼすために生み出されたのだよ。そして、そのために生きる」

「神とやらのいいなりで、あんたはそれでいいのか」

説得を半ばあきらめつつ、それでも食い下がる。

「勘違いしているようだね、命令ではないのだよ。これは私の欲だ。そうしたい、そうすると気持ちいい、そうせねば生きていられない。君たちに食欲、性欲、睡眠欲があるように。私には悪夢で世界を包み込みたいという欲がある。私はそういう生き物だ」

「たとえば、性欲なら、ほら、女を犯さなくてもオナニーで発散するとかあるだろ？　そういう感じで、なんか、代償行為とかでごまかせないか？」

呆れたような眼を向けられる。

「オナニーと言ったね。なら聞こう。君は一生、オナニーで我慢できるのかね？」

「無理」

ティータ、クルル、ルリネ、可愛《かわい》い俺の女たち。彼女たちに手を出さず一生オナニー？

なにそれ、どんな拷問《ごうもん》だよ。耐えられない！

「自分にできぬことは、人に勧めるものではないよ」

「それは道理だな」

剣を抜く。

説得失敗か。

初めから、説得の余地なんてなかったかもしれない。

「勝てるつもりかね？　君と私は似ている。設計コンセプトが同じだからね」

「そうだな、似ている」

「神であろうと、完璧な生き物など作れない。であるからこそ、他の力を取り込みいつか完成に至る種族を生み出した……だが、それも欠陥品。私は取り込んだ力と心に呑み込まれ……君もまた同じなのだろう？」

否定はしない。

ごまかしても無駄だからだ。

そう、ありとあらゆる種族の長所を取り込み次世代に繋《つな》いでいくエヴォル・オーク。

彼と比べると次代につなげると周りくどいことをするせいで時間がかかるが、心なんて劇物を取り込まないで済むため安定した運用ができる種族。

なれど血が積み重ね続けた力に耐えきれず、結局、俺はその力のほとんどを封印で押さえつけて初めて人でいられ、種族の強みを失った。

封印を解けば最後、俺という人格は消し飛び、ただの化物に成り下がる。

「仲間意識があるなら手を抜いてくれ。それに、恩もあるだろう？　俺たちが強かったから、そうやって理性を取り戻した」

「ふむ、一理あるね。ならば、利き腕を使わないというのはどうだ？」

「それはありがたい」

利き腕が使えないというのは近接戦においてとてつもなく大きなハンデになる。

とはいえ、目の前の化物との力の差がその程度で埋まるとは思わない。

「戦う前にアドバイスをしよう。同種の化物同士、同種であるがゆえに、力を封印して勝てるとは思わぬことだ」

消えた。

俺の目ですら追えない速さ。

「【第一段階解放《ファーストトリミット・リリース》】」

切り札である。【第一段階解放】を即座に使った。

それは本来ありえぬこと。

これは八秒しか使えず、制限時間のあとは反動で戦闘力が激減する。

つまり、八秒で勝負をつけねば敗北するということ。

故《ゆえ》に、俺がこの力を使うのは八秒で勝負をつける確信がある場合に限定される。

なれど。

「ほう、段階的な力の解放、器用なのだね！」

力を解放したことで、血に取り込まれていた銀狼族の超動体視力と超反射神経を得たおかげで、動きをとらえ反応できた。さらに、先見の巫女《みこ》の未来予知で剣筋を予測することで受け流しに成功する。

奴の左腕は鋼《はがね》のように硬質化され逆立った鱗《うろこ》に覆われており、その一枚一枚が刃のよう。あんなもの喰らえばすり下ろされる。

体に叩《たた》き込まれた剣技で反射的に反撃に移ろうとして、先見の巫女の予知能力が俺に警鐘を鳴らし、動作を切り替える。

呪竜族の超高速詠唱を超えた、真言詠唱で詠唱そのものをキャンセルし即座に呪文を発動。

奴の左腕から散弾銃のように鱗が炸裂《さくれつ》して飛ばされるのと、こちらの指向性爆発魔術が発動するのは同時。

爆風が奴を焼き、鱗はほとんど焼け落ちたものの、数枚が爆風を突っ切って俺の肉に突き刺さる。

強烈な吐き気と痺《しび》れと激痛。

鱗《うろこ》には毒がある、それを蛇毒族の完全毒耐性で無効化しつつ、土煙の中を突っ切る。暗視や透視が得意な種族など何種類も取り込んでいる。

不意打ちに成功……はしない、暗視や透視能力をもっているのは向こうも同じ、剣と腕がぶつかりあい、地力の差で押し負ける。それを技で流す。

……思ったとおり、技量ではわずかにこちらが上。

やつは何百年、何千年も眠っていた。たしかに古《いにしえ》の剣豪を取り込みその技量を使えるだろうが、剣が古い、最新の剣術を知らない。魔術も同様。

ここだけが唯一の勝機。

もうすでに、夢の中にはリリスの配下たちが取り込まれている、そいつらが食われたら、最新の剣術と魔術を学ばれてしまう。

押すように見せて引き、バランスを崩し、首筋を狙う。

しかし、またもや死のビジョン。やつの背中を突き破って、腕が生えて、手刀で突いてくる。

ちっ、利き腕を使わないなんて、まるでハンデにならないじゃないか。

それを避けたところで、とんでもないものが目に入った。振り向いた奴の腹には五つの頭が生えていて、その一つ一つが術式を構築している。

真言法での詠唱破棄呪文で防御を構築……くそっ、それでも間に合わない、あれは。

「この程度で死なないでくれたまえ」

五つの異なる属性の魔術が奴から放たれ、こちらの防御術式とぶつかり、炸裂《さくれつ》し、貫き、俺は吹き飛ばされた。

なんどもバウンド。

受け身をし、なんとか立ち上がる。

右腕はちぎれとび、左腕は肘《ひじ》から先がなくなり、両足も似たようなもの。

即死をしないよう、脳のある頭と臓器の詰まった胴体を重点的に守ったせいだ。

そうでもしないと、即死していた。

やつが選んだ五つの魔術は着弾時に相乗効果で威力を増す。複数の魔術を同時に使える奴だからこそ可能なもの。

「ほう、やはり生きていてくれたか。楽しいな。戦いなど、ついぞしたことがなかった」

チャンスなのに攻めてこない。

ありがたく、両手両足を再生させてもらう。魔力と栄養を使う再生、腕や足がちぎれたところで回復できる種族などさほど珍しくもなく、俺の血にも宿っている。

だが、代償にすさまじいカロリーを消費した。空腹で頭がおかしくなりそうだ。

「確実に殺せるチャンスを逃して良かったのか?」

「ああ、もっと楽しみたい。私は、この後、この世界に取り込まれたものたちを喰らうだろう。

そういう生き物だから。そして、本能のみで生きる醜《みにく》い獣に戻る……今このときなのだよ。私が私として心をもった戦いを楽しめるのは！」

「化物になりたくないなら喰らうのをやめればいいだろうが」

「言っただろう。私はそういう生き物だと。さあ、怪我《けが》は治ったな。やろう、まだまだ楽しませてくれたまえよっ」

頭がちかちかする。

第二の封印ががたがたと音を立てて壊れかけており、そこから力が漏《も》れ出ている。

八秒を超えた代償。

俺の制御を離れつつある、皮肉にも第二の封印が緩んだからこそ死なずに済んだ。

ああ、無理だ。

今のままじゃ殺される。

第二の封印を。

だが、第二の封印を外せば、ただの化物になる。

化物になってしまうことだけじゃなく、無作為な暴力であれを倒せるとは思えない。

なにせ、第二の封印を解除して初めて、やっと互角の出力。

それで術理を使えない化物になってどうして勝てる。

理性を、技を捨てるなら、互角ではとても届かない。

ああ、つまり、それじゃ、だめなんだ。
あれに勝つには、もう一段上の力がいる。
そう、封印の完全解除。
制限時間を超えたことで、どんどん理性が飛んでいく。
湯立った頭で、それでも最善を目指す。
【第二段階解放】ならば、愛の奇跡で戻ってきたことがある。
経験と訓練によって、当時よりもさらに戻ってこられる確率は高い。
だが、【第三段階解放】ともなると可能性はゼロだ。
奇跡にかけるなんて甘えすら許さない。
存在しない確率。
そう、たんなる自殺。
なれど、そうしなければ勝てない。
俺がすべきは……考え抜くこと。
【第三段階解放】を行い。それでもなお戻ってくるために。
可能性を残すためにあがく。奇跡を祈るまえにやることをやる。
「があああああああああああああああああ！」
「ははは、いいぞ、いいぞ、楽しいな戦いは！　私が強いと実感できる」

弾《はじ》け飛びかけた第二の封印から漏《も》れ出た力を使い。がむしゃらに攻める。

制御できるかできないかの綱渡り。

俺が理性と技を維持できる限界。

それでもなお。

「ああ、楽しいな。楽しいよ。ああ、それだけに惜しい。君という遊び相手を失うのが」

遊ばれている。

一方的に傷を増し、ありとあらゆる手札が封殺される。

そして、とうとう手刀で心臓を貫かれた。

エヴォル・オークの力で即死を免れる。

「そんなに、楽しいか」

「楽しいよ。強者との闘いだからこそ、自分の強さを実感できる。虫を踏みつぶしても、己が強いとは思えない。君は実にちょうどいい」

ああ、いらいらする。

こいつに教えてやりたい。

おまえは最強などではないと。

より強いものに遊ばれるおもちゃだと。

だから……。

「リリスっ、化物になった俺を、夢から支配して、俺を救え……夢なら、おまえは、誰より強いっ」

怯《おび》えていたリリスがぴくりっと震える。

希望は残した。

ゼロではなくなった。

ならばこそ、絶対の敗北から、ティータとクルルを失う未来から、逃れるためにまずはこいつを殺そう。

そして帰ってくる。

奇跡を祈る。だけど、奇跡に頼りはしない。

「【第三段階封印解除《ラストリミット・リリース》】」

すべてを解き放つ。

魔王を、勇者を、すべてを超越した力を。

己のすべてを。

自分こそが最強、そう自惚《うぬぼ》れた化物に……さらなる力を示し、叩《たた》き潰《つぶ》そう。

やつを超える化物となって。

第二十一話：本当の化物

視界が赤く染まる。

全身が燃えるように熱い。

化物に変わっていく。

膨《ふく》れ上がる力は人型に収めておくことはかなわず、体は力と同じように膨れ上がり、醜《みにく》い化物へと変わっていく。

そのことを悲しいとすら思えない、胸の内にあるのは歓喜だ。

傲慢《ごうまん》に、強欲に、奔放《ほんぽう》に。

人を捨て、獣へと落ちていく。

俺は獣に変わりゆく、そんな自分を遠くから見ている、熱病に浮かされた観客のような自分がいた。

これもまた、元に戻るためのあがきの一つ。封印を解除する瞬間、新たな人格を生み出し、切り離した。それこそが、俺を眺める俺というわけだ。

「GAAAAAAAAAAAAAAAAAAAAAAAAAAAAAAAAAAAAAAAAAAAAAAAAAAAAAAAAAAAAAAAAAAAAAAAAAAAAAA!!」

叫ぶ。

そうしないと内なる熱で焼け死んでしまいそうだ。

叫んだだけで、大地は砕け、嵐が巻き起こる。

「ふむ、君は馬鹿なのかね？　私の失態を知っているだろう。制御し切れぬ力など、足枷《あしかせ》にしかならんよ。ああ、もったいない。君の知性と技はあんなにも輝いていたのに」

ああ、あんたは正しい。

ああ、あんたは間違っている。

ああ、あんたは思い知る。

拳《こぶし》を振り下ろした。

魔力を込め、ありとあらゆる攻撃能力を上乗せした、潰《つぶ》せという意志の具現。

化物は何かをしようとした。

なにかの小細工を。

技を見せつけようとしたのだろう。

なにか薄い膜のようが見えた。

直接受けずに流そうとする技を発揮しようとしている。

なれど……。

「なっ、ばかな」

すべてをぶち破り、この拳《こぶし》は化物を叩《たた》き潰《つぶ》した。

無数の攻撃能力がやつのこざかしい守り、甲虫の外骨格、竜の鱗《うろこ》、獣の爪、トドの分厚い脂肪、ゴム生物の皮、何かしらの防御術式ｅｔｃ．それらすべてを無意味にしてしまう。

圧倒的な力の前にあらゆる小細工は意味をなさない。

原型がなくなりどろっとした液体がこぼれ、それすらも一瞬で蒸発する。

しかし、その煙が集まり人の形になる。

「はあ、はあ、それは、それは、なんだ！」

返事は拳で。

化物は複数の翼を生やして逃げようとするが、あまりにも遅い。

簡単に追いつける。こざかしく転移魔術を展開しているのが見えた。だが、気にする必要はない。

拳に宿った魔力はあまりにも膨大で、周囲の力場が歪《ゆが》み、繊細《せんさい》な術式など一瞬で崩壊する。

転移は不発となり、拳がめり込み、吹き飛んでいく。

その速度は亜光速にも迫り、オルクカリバーが引き起こした余波、それをも上回る、街一つを滅ぼすような破壊を周囲に引き起こす。

「ＧＲＹＹ」

その亜光速で吹き飛ぶ化物に走って追いつき、バレーのアタックのように地面へと叩きつけた。

またもや、つぶれて液状になるのだが、今回はその液体が大地を抉《えぐ》り、底が見えないほどのクレーターができマグマが吹きあがる。

そのマグマを浴びても痛痒《つうよう》を感じない。

なぜならば、己のうちにある熱のほうがよほど熱い。

世界にヒビが入った。

化物が作り上げた世界がただの力任せの拳で崩壊しようとしている。

ああ、なんて滑稽《こっけい》。

化物がまたもや再生する。

だが、俺にはわかる。再生するたびに、存在の力は半減している。

もうあれは化物とは呼べない代物《しろもの》に成り下がった。もとより、本物の化物《おれ》の前では小物にすぎない。

なれど見逃すなんてありえない。

あれは俺の大事なものを奪おうとした。

あれは俺を見下しおもちゃにした。

あれは俺の遊び場をくだらない悪夢で覆いつくすとのたまった。

ならば、潰《つぶ》すしかない。

二度潰しても死なないのなら、死ぬまでなんどでも。

「うそっ、うそだ、ありえない。いくら、バランサーだとはいえ、これでは、バランサーそのものが、バランスブレイカーではないかあああああああああああ！」

絶叫しながら目を見開く。

彼はもう悟ったのだ。

これから訪れる滅びを防ぐことはできないと。

自らの破滅が頭上から降ってくる。

「ＵＲＹＵＵＵＵＵＵＵＵＵＵＵＵＵＵＵＵＵＵＵＵＵＵＵＵＵＵＵＵＵＡＡＡＡＡＡＡＡＡＡＡＡＡＡＡＡＡＡＡＡＡＡＡＡＡＡＡＡＡＡＡＡＡＡＡＡＡ！」

渾身《こんしん》の一撃。

何度も潰すと言ったのは訂正だ。

面倒だ。

だから、そういう力を込めた。滅びの力、滅びの意志そのもの。再生も転生も許さない。

そうしたいと俺が願った。

だからそうできる。

そんなめちゃくちゃができる、ならばこその化物。

魔王と勇者、大賢者、勇者パーティ、魔王軍四天王。それら全員が死力を尽くして、ようやく拮抗《きっこう》した幼児。それが順当に成長した力。それがこれだ。

「ああ、終わるのだな。……感謝しよう。終わりを人としてむかえ」

ぷちっ。

まるで羽虫のようにそれを潰した。

彼の作り上げた世界が完全に壊れた。

それを喜べない。

外から、化物になった俺を眺める俺は知っている。

夢の世界から、この化物が解き放たれる。

それは、広がり続ける夢よりなお、世界の害悪になると。

◇

切り離された俺は、化物《おれ》を眺めるしかできない。

このままでは、俺が世界を滅ぼす。

それにこうしていることももう限界みたいだ。

こっちまで熱が伝わってきた。

身に余る力を持て余し、叩《たた》きつけることしかできない獣。それこそが封印をすべて解き放った俺だ。

あの化物と俺の違いは、己を縛る鎖があるかどうかしかない。

『あの力を使うべきだったか』

今回の戦い、俺は妖精から受け取った力を使わなかった。

絶体絶命のピンチではあった。禁じ手であり、戻れないリスクを背負ってまで封印を解除したほどだ。

あの力があれば、もっと違ったやり方があっただろう。だけど、あの力をあそこで使うのは違う。そう、第六感。それも、エヴォル・オークの血の力を解放し、直感が強化された状態で感じたのだ。

だからこそ、選ばなかった。

もし、その決断が間違いなら、決定した敗北を為《な》すすべもなく受け入れるしかなくなる。

さてと、俺が元に戻る希望は、こうして切り離した俺の一部ともう一つ。

黒い翼の魔王リリスだけだ。

「オルクちゃん、ごめん、ごめんね、私が、しっかりしてれば、そんな化物にならないで済んだのに、ごめんね」

いや、謝ってないで、さっさとどうにかしてくれ。

世界でリリスだけが、俺をどうにかできる可能性があるのだから。

……まあ、心配していない。

リリスは、俺が姉のように思っているあの人は強い人だ。

それを知っているから託した。あの切り札を使うのはここじゃないという直感を信じることができた。

リリスが涙を拭《ぬぐ》う。

そして、瞳を閉じた。

翼を全開まで広げた。

ナイトメアの能力、夢への干渉、そして夢を通じての支配。

俺という化物を真正面から叩き潰《つぶ》せる存在はいない。

だけれども、リリスならば俺を操れるかもしれない。

「待ってて、お姉ちゃんが助けてあげる」

夢に誘う魔術を使う。

化物《おれ》がそれに気づいた。だが、それはリリスを襲わない。今のアレに理性はないが、リリスは俺に害意がないから殺意を感じず、同時に熱を叩きつけるには矮小《わいしょう》すぎる。だから興味をもたなかった。

なれど……。

身にまとったオーラだけで、リリスクラスの魔術をはじきかねない。

だから、俺は俺の最後の役目を果たそう。

リリスの魔術が放たれると同時に、俺は化物《おれ》に挑む。

そう、分断した精神で本体に特攻だ。精神で精神を殴《なぐ》る。

さあ、化物《おれ》、俺は厄介《やっかい》だろう？　なにせ、片割れだから。

異物を吐き出そうと、化物《おれ》はすべての意識を向けた。

それが、リリスの魔術に対する守りを緩めた。

さらに、俺を押しつぶそうと意志を向けて来た。

リリスの夢魔術は精神干渉系魔術。こうして、別に意志を向けた状況と言うのがもっともかかりやすい。

すりつぶされていく、俺が消えて、化物《おれ》に呑み込まれていき、帰っていく。

俺の役目は終わりのようだ。意識が消える。

リリス、俺を、たの、む……

エピローグ：綺麗なお姉さんは大好きです

私の全身全霊の魔術でオルクちゃんは眠り、夢の世界に旅立った。
正直、驚いている。
封印を解除したオルクちゃんに、こんな魔術が通じるとは思わなかった。
それでも使った。
それは、封印を解く前にオルクちゃんが、私に頼むと言ったから。
そのときのオルクちゃんは、それをできると信じていた。
だから、私の魔術が通じる、そのための仕込みがあるんだと読んだ。
魔術が着弾する瞬間、それが正しかったと確信した。
私は賭《か》けに勝った。
でも、ここからだ。
「オルクちゃんを精神支配しないと」
夢を通して心を支配する。
それこそが私の、ナイトメアの本領。
……でも、封印解除前のオルクちゃんすら支配に失敗した。

今のオルクちゃんにそんなことができる自信はない。

最悪、オルクちゃんの夢の中で私は食い殺される。

いえ、それは最悪なんかじゃない。オルクちゃんが化物のまま終わることに比べたら。

「見つけた、オルクちゃん」

それはオルクちゃんのイメージなのだろう。

裸のオルクちゃんがいた。

鎖で雁字搦《がんじがら》めになって、燃やされている、熱い、熱いと泣き叫ぶ心。

鎖を強引に引きちぎろうとして、皮膚《ひふ》がすれて、血がこぼれ、その血が燃え上がる。

あの血こそがオルクちゃんを燃やしている。

「があああああああああああああああああああ」

オルクちゃんが叫ぶ。

私を見た。

そして襲い掛かろうとして、鎖に引っ張られる。

あの鎖はオルクちゃん自身の自戒。

己が化物だと悔み、縛り付けている。たくさん我慢している痛々しくて、でもオルクちゃんらしい心象。

ナイトメアの力を全開にする。

夢の中で、私は海の魚で、空の鳥。オルクちゃんとの力の差はかなりうまる……それでも、だいぶ負けているけど。なんて規格外なんだろう。

私が見ただけであきらめた始祖様を封印どころか、虫みたいに潰《つぶ》せるわけだ。

本当は、ここに来るまで怖かった。

オルクちゃんは優しい子だって知っているけど、あそこまでの化物だって知って、本能的に恐れてしまったんだ。

でも、こんなオルクちゃんを見て、安心した。

「大丈夫だよ、オルクちゃん、怯《おび》えないで」

オルクちゃんを抱きしめる。

ぎゅっと優しく。

オルクちゃんを包む炎が私を焼く。

痛い、熱い。でも、我慢できる。

「がああああああああああああああ」

私の首筋に噛《か》みついてくる。

それでも離さない。

今のオルクちゃんを抱きしめてあげられるのは世界で私だけだ。

なんだろう、この気持ち。

守ってあげたい、癒《い》やしてあげたい。

私はこの力が嫌いだった。

私たちの種族は普通の食事はできるけど、それだけだと生きられない。

夢で誘惑して、生気を奪わないと生きていけない。

それだけじゃない、強くなければ生きられない時代と状況に私は生まれた。

だから、生きるために力を奪い続けた。

強くなったら、敵がさらに増えて、もっと強くならないといけなくなった。

『私にとって、夢でエッチなことをするのは生きるために仕方なくすること』

嫌なのに、うまくならないといけなかったから、どんどんエッチなことがうまくなった。

男の扱いも。

男を自由に操れるようになると、男という生き物が醜《みにく》くて、稚拙で、自分勝手で、汚いって思うようになった。

これは夢だから我慢できる。これは夢だから私は汚れてないってなんども言い聞かせた。

だから私は現実では体を許さなかった。

そうして、知識と技術はあるのに経験はない歪《いびつ》な私になった。

そんな私が、唯一、本当の体で、そういうことをしたい、そう思えたあの人に振られて、余計拗《こじ》らせた。

男というのは、餌《えさ》で、夢の中で支配してうまく使う奴隷だって思うようになった。

『なのに、どうしてだろうね。こうしているのがぜんぜん辛《つら》くない。それに、現実でだって、抱きしめてあげたいって思える』

腕の中にいる傷だらけの子が愛《いと》おしくて仕方ない。

そう、オルクちゃんが可愛《かわい》い。

そうか、これが好きって感覚。

オルクちゃん、すごいな。オルクちゃんにはわかってたんだ。

私がオルクちゃんを好きじゃないって言ったの、こういうことなんだ。

うん、わかるよ。わかっちゃうよ。だって、この想いがあるかないかなんて、ぜったい伝わっちゃう。

「ねえ、オルクちゃん、好きよ。うん、ちゃんと好きなの」

私の能力を使って、好きって気持ちを全力で伝える。

愛を注いだ分だけ、逆にオルクちゃんの熱を引き受ける。オルクちゃんには扱いきれない激情も、精神操作のプロである私なら扱い切って見せる。

内側から燃やされていく。燃やされながら散らしていく。

いくら散らせるとは言っても痛いし苦しい。

でも、その分だけオルクちゃんが楽になれるって思ったら耐えられる。

突然、オルクちゃんは暴れ出して、突き飛ばされる。

「あああ、あああああ、あああああああ」

熱はだいぶ受け持ったはずなのに。

いや、中途半端に熱をとったせいで、暴れる余裕ができてしまったんだ。さっきまでは痛みと熱と苦しみでほとんど瀕死《ひんし》だった。

私の行動は間違っていない。

でも、あんなに暴れられたら近づけない。

夢世界のブーストがあってもオルクちゃんのほうがずっと強いのだから。

でも、なんとかしないと。

あら？　今ので魔王服が破けちゃった……国宝級の守りを貫いてくるなんて、さすがはオルクちゃん。

また抱きしめてあげよう。熱を全部吐き出すまで、なんどでも抱きしめてあげるから。

「があああああああああああああああああああああ、あああ？」

暴れていたオルクちゃんがピタッと止まる。

その目は破けた服から零《こぼ》れ落ちた私の胸をガン見していた。

すさまじいガン見だ。

「えっと、オルクちゃん、おっぱい、揉《も》む？」

「があああああああああああああああああああ!!（よろしくお願いします!!）」

なぜだろう？

理性を失い獣と化しているはずなのに、まるで話しかけられたかのように意図がわかる。

この子、理性を取り戻してない？

いえ、そんなわけないわ。

だって、ほら獣の咆哮《ほうこう》を上げながら暴れまわっているもの。

再び近づき、オルクちゃんに胸を差し出す。

オルクちゃんは血走った目で手を伸ばす。

この勢い、胸が握りつぶされちゃうかも……なんて思ってたけど、触れる前に減速して、優しい……というか、いやらしい感じのタッチになる。

「うっ、んっ、オルクちゃんって、女の子の胸を触り慣れてるのね。うまいわ」

夢の中で幾人もの男に体を預けたけど、こんなに愛撫《あいぶ》のうまい子は初めてかも。

可愛《かわい》い女の子を二人も引き連れているだけはあるわ。

女の子の気持ちいいところを探し、力加減も完璧、女の子への気遣いと優しさが伝わる。

そして、肌で触れ合って、しかも意識がそちらに向いてくれれば、オルクちゃんの熱をより効率的に受け持ってやれる。

私の黒い翼が炎の翼に生まれ変わる。オルクちゃんの熱を放出するために作り上げた即興の放熱板。

こんなふざけた、一つの太陽そのものと言える熱量を閉じ込めていたなんて、これじゃ化物になるのも当然だ。

でも、気になるのは……どんどんいやらしさを増す揉《も》み方。

「……ねえ、オルクちゃん、正気に戻ってない」

「があああああああああああああああああ!!（ぜんぜんそんなことないので、もっと揉ませてくださいっ！）」

気のせい、よね、ほら、なんかわざとらしく、口から光線吐いて破壊活動に勤《いそ》しんでいるし。

でも、口から光線って化物っぽい見た目だけど、それを実現するためにとても高度な魔術の術式を組んでいるし、私に害をなさないように配慮と細かな制御をされているような。

オルクちゃん化物に落ちたら、理性と技を失うって言っていたわよね？

「うがあああああああああああああああ！（夢の中なので、そんな設定は無視できるのでは）」

「んっ」

優しかった愛撫《あいぶ》が激しく変わり、思わず声が漏れる。

だめ、胸ばっかりこんなにいじめられたら。変になっちゃう。

「があああああああああああああああああ！（おっぱいを揉んでいると、ちょっと気が楽になってきました。でも、他にもいろいろとしたいです。乳首吸わせてもらってよろしいでしょうか？　あと下のほうも気になります）」

私は無言で、胸を差し出す。

すると赤ん坊のようにオルクちゃんが乳首を舐《な》めて、吸い始める。

可愛《かわい》い。

母性本能がくすぐられる。

子供ができたら、こんな感じなのかな？

「夢のなかだし、お乳を出そうと思えば出せるけど……どうしようかしら？」

私は能力で相手の欲望を叶《かな》えて、心を奪い支配できる。

だから、現実でできないプレイを夢の中で可能。

オルクちゃんが顔をあげた。

「があああああ、うがあああああ、があああ！（お気遣いなく。そちらのプレイは需要があるのでしょうが、私はむしろ、それができるという事実から、さまざまなことを類推し、独占欲が薄れるのです。ですが、とても興味はあるので、私と体を重ねてから、その原因が私にあるという状況になってから、いずれお願いしたいとは思います。あと味がとても気になるので、あまり理想化したテイストではなく、本来のものに近いものでお願いします）」

「……えっ、ええ、いいわよ。あっ、んんっ、ああんっ、んんっ」

オルクちゃんの舌使いが激しくなってきた。

さらにはフリーになった手が私の秘部に伸びてくる。

んっ、やっぱり、この子、うまい。

というか……。

「絶対、正気取り戻してるわよね！」

「いや、ぜんぜんそんなことはなく、愛の奇跡が必要なのでもっとエロいことをしたいなと（うがああ！）」

「オルクちゃん、副音声逆よ？　正直になりなさい。正気を取り戻したからって、途中でやめたりはしないわよ」

「ごめんなさい……ちょっと前からかな？　抱きしめて、熱を奪ってくれただろう？　そこで半分自分を取り戻した。完全に自分を取り戻したのは乳首を吸っている間だな。炎の翼、綺麗だったよ」

「よく、あの状況から、あれっぽちの熱を奪っただけで理性を取り戻せたわね」

「もともと、半分に切り離した心を自爆覚悟で特攻させて、相応のダメージを喰らっていたからな」

「それ、下手したら人格が消し飛ぶ荒技よ」

「そういう荒技でもしない限り、どうにもならないと思ったんだ」

何気なく言った、その技を私以外ができることに驚きを隠せない。オルクちゃんの血には夢魔の系列も混ざっているだろうし、封印がはじけ飛ぶ直前ならその力を引き出させただろうけど……それでもなお異常。

いずれこの子は、封印をしたままでも父親を超える。そんな化物……いいえ、超人になるんじゃないかって予想させる。

「私ができたのは最後の一押しだけね」

「いや、俺がしたのがおぜん立てってだけだ」

「そう？　お姉ちゃんに感謝しなさい……それとね。今までさんざん拒否していたのに、こういうときだけ私を受け入れるなんて都合よすぎないかしら？」

「それは違う……」

オルクちゃんは困ったように笑う。

それから、優しく微笑《ほほえ》みかけてくれた。

「俺を好きになってくれてありがとう。リリス」

あまりにも優しくて、かっこよくて、胸がキュンとなってしまった。

ああ、これが恋なのか。

アラサー（アラウンドサウザンド）で初めて知った。あの人へのそれは憧れで恋とはまた違った。これこそが本物だ。

オルクちゃんは死にかけだから私を利用したわけじゃない。私の想いに気づいて、他の人じゃない自分を好きになってくれたって知って、自分の信念に基づいて私を受け入れてくれた。

私は我慢しきれずにオルクちゃんを押し倒した。

炎の翼がより激しく燃え上がり、より巨大になり、とうとうオルクちゃんを苦しめていた熱はぜんぶ吐き出した。

あとは私がオルクちゃんを支配して、全力でサポートすればオルクちゃんなら封印を施《ほどこ》せるだろう。

「オルクちゃん、私は本来攻めなの」

オルクちゃんを押し倒して馬乗りになる。

「さんざん、私の体をもてあそんでくれたわね……これからは、私がオルクちゃんを可愛《かわい》がってあげる」

「それはありがたいのだが……その、もういい感じに封印を構築できてるわけだし、一度、目を覚まさないか？」

「うふふっ、いや。そっちでももちろん愛してもらうけど……こっちで好き勝手蹂躙《じゅうりん》したいもの。こっちなら、オルクちゃんが泣いても、許してあげない。オルクちゃん、女の子に無理やりされるって経験ないでしょ？」

「……その、手加減してもらえると」

「無理な注文ね」

腰を落とす。

私はオルクちゃんのを受け入れた。

痛い、でも、気持ちいい。

こんなにセックスをして、気持ちいいのは……心が高鳴るのは初めて。

これからたっぷり愛してあげる。それから、夢が終わったら、そしたら現世で、私の初めてをもらってもらう。

だって、私はもうオルクちゃんの女だから。

ガガガ文庫11月刊

結婚が前提のラブコメ3

著／栗ノ原草介《くりのはらそうすけ》

イラスト／吉田《よしだ》ばな

牡丹と駿河野が、すれ違いの末に別れてしまった！　頭を抱える縁太郎だが、その根っこには、“仕事と結婚”の深いジレンマがあって……？　ぜったい結婚したい系婚活ラブコメ、時代に問いかける第3幕！

ISBN978-4-09-451871-9（ガく2-6）　定価：本体620円＋税

史上最強オークさんの楽しい種付けハーレムづくり4

著／月夜《つきよ》 涙《るい》

イラスト／みわべさくら

ルリネをハーレムに迎え、さらなるハーレム候補を探すオルク。そんなおり、新たな商材を手に入れるため、海の向こうへ渡る機会が。今度ハーレムに入るのは海外の美女!!　オークさんのハーレム道はまだまだ続く！

ISBN978-4-09-451872-6（ガつ4-4）　定価：本体620円＋税

ハル遠カラジ4

著／遍《あまね》 柳一《りゅういち》

イラスト／白味噌《しろみそ》

ライドーに連れ去られたハルの行方を追うテスタとイリナ。彼らは人間を消失させたバベルの真の目的に期せずして近づいていく。バベルとはいったい何者なのか？　人とロボットの親子の旅路は、ついに、終着を迎える。

ISBN978-4-09-451874-0（ガあ15-5）　定価：本体750円＋税

友人キャラは大変ですか？10

著／伊達《だて》 康《やすし》

イラスト／紅緒《べにお》

いよいよ阿義斗との最終決戦。無力化されてしまった龍牙に代わり、一郎は「代理主人公」を務めることに。果たして彼は、友人キャラの流儀を貫くことができるのか!?　最強助演コメディ、ここに堂々完結!!

ISBN978-4-09-451870-2（ガだ7-11）　定価：本体640円＋税

ガガガブックス

100人の英雄を育てた最強預言者は、冒険者になっても世界中の弟子から慕われてます3

著／あまうい白一《しろいち》

イラスト／天野《あまの》 英《はな》

100人の英雄を育成し、邪神との戦争を終わらせた預言者アイゼンは、新たな街――『魔法都市』を訪れても、自然や人ならざる者にまで敬愛される！　最強師匠の冒険ファンタジー第3弾！

ISBN978-4-09-461145-8　定価：本体1,200円＋税

ガガガブックス

北海道の現役ハンターが異世界に放り込まれてみた3

著／ジュピタースタジオ

イラスト／夕薙《ゆうなぎ》

連続貴族暗殺事件を、どうにか解決することが出来ました。ようやく日常に戻れる……と思ったら、次はゾンビ退治!?　さすがに無理ですってナノテスさん！　頼れるエルフ嫁と巡る異世界ライフ、ついに完結！

ISBN978-4-09-461146-5　定価：本体1,300円＋税

ガガガブックス

ロメリア戦記　～魔王を倒した後も人類やばそうだから軍隊組織した～2

著／有山《ありやま》リョウ

イラスト／上戸《かみと》 亮《りょう》

魔王ゼルギスを倒してから三年――。各地で転戦を続けるロメリア騎士団は、魔王軍残党の一掃を目前としていた。だが、魔王軍が拠点を置くローバーンでは、特務参謀ギャミによる新たな策謀が開始されようとしていた。

ISBN978-4-09-461147-2　定価：本体1,400円＋税

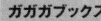